Am Ende gewinnen die Frauen

Die Handlung dieses Romans sowie die darin vorkommenden Personen sind frei erfunden; eventuelle Ähnlichkeiten mit realen Begebenheiten und tatsächlich lebenden oder verstorbenen Personen wären rein zufällig und nicht beabsichtigt.

GÜNTER GIESER

Am Ende gewinnen die Frauen

Bibliografische Information der Deutschen Nationalbibliothek:
Die Deutsche Nationalbibliothek verzeichnet diese Publikation
in der Deutschen Nationalbibliografie; detaillierte bibliografische
Daten sind im Internet über http://dnb.dnb.de abrufbar.

TWENTYSIX – Der Self-Publishing-Verlag
Eine Kooperation zwischen der Verlagsgruppe Random House und
BoD – Books on Demand

© 2016 Günter Gieser

Herstellung und Verlag:
BoD – Books on Demand, Norderstedt

ISBN: 978-3-7407-0881-8

Inhalt

Neue Freunde	7
Die Geschäftsidee	21
Lore nimmt sich Johnny zur Brust	28
Der erste Auftrag	35
Johnny tanzt den Bolero	61
Erotische Gymnastik	106
Ein Auswärtsspiel	111
Kriegsrat	132
Operation Nussknacker	158
Die Liebeskugel	195
Die Aufklärung	206

Neue Freunde

Johnny Langer ist ein kleiner Mann. Mit seinen 1,70 Meter kann man ihn nicht gerade als Riesen bezeichnen. Das heißt, wenn man von der spotthaften Bezeichnung »Belgischer Riese« absah, den ihm seine Freunde gaben. Ein Belgischer Riese war nichts anderes als ein großer Hase. Der- oder diejenigen, die ihn scherzhafterweise so bezeichneten, hatten immer die Lacher auf ihrer Seite. Ihm selbst blieb dabei nur die Rolle des »dummen August«.

Mach ein dummes Gesicht, dann kannst du dabei immer noch einen guten Eindruck machen, wurde ihm wohlwollend gesagt, und dabei wurde ihm jovial auf die Schulter geklopft.

Mit dieser Art von Späßen konnte er mit seinen 25 Jahren schon auf eine lange – für ihn negative – Entwicklung zurückblicken.

Es hatte schon im Kindergarten angefangen. Da er der Kleinste war, wurde er immer von den anderen verdrängt oder zur Seite gestoßen. Schon hier musste er in seinem noch kurzen Leben diese Erfahrung machen. Sogar die Mädchen machten vor ihm nicht halt.

Er konnte sich noch gut an ein Schlüsselerlebnis erinnern, das er mit Lena hatte. Damals, er war gerade vier Jahre alt geworden, war er als Erster nach draußen gesprungen und hatte sich auf die einzige Schaukel gesetzt, die im Kindergarten vorhanden war. Kurz nach ihm kam eben jene Lena, die ebenfalls auf die Schaukel wollte.

Steig ab und lass mich auf die Schaukel, hatte sie zu ihm gesagt. Nein, ich war zuerst da, hatte er ihr darauf erwidert.

Danach hatte sie zornig an den Seilen der Schaukel gerüttelt. Als er immer noch darauf saß, hatte sie ihm in das Gesicht geschlagen, worauf er heruntefiel und seinen Mund voll Sand hatte. Er hatte vor Schreck laut geheult und gespuckt, um den Sand aus dem Mund zu kriegen, was ihm aber nicht gelang. Kurz darauf war die Erzieherin Frau Held gekommen und hatte ihm geholfen den Mund wieder frei zu kriegen. Seit dieser Zeit wusste er, dass sein Leben etwas anders als das der anderen verlaufen würde.

Er hatte versucht sich gegen diese, für ihn negative Entwicklung zu stemmen, was ihm aber nicht gelungen war. Jedes Mal hatte er danach noch blöder als vorher dagestanden. Die anderen machten dabei weiter ihre dummen Bemerkungen und lachten ihn auch noch aus. Das hatte sich bei der Einschulung nahtlos fortgesetzt und bis zu seinem Hauptschulabschluss hartnäckig gehalten.

Als er seine Lehrstelle als Bäckerlehrling antrat, hatte er gemerkt, dass ihn die anderen nicht

richtig für voll nahmen und mitunter mitleidvoll ansahen. Nach seiner Lehre hatte er bis heute erfolglos versucht einen Arbeitsplatz zu bekommen.
Bei seinen Vorstellungen wurde er danach immer höflich hinauskomplimentiert, nachdem man ihm eine Absage erteilt hatte.
Als er eines Tages wieder einmal solch einen deprimierenden Tag hatte, ging er in den nahegelegenen Park und setzte sich auf eine Bank.
Er fing an über seine Situation nachzudenken, wie es überhaupt so weit kommen konnte.
Seine damaligen Bewerbungen hatte er alle, so wie es sich der Form nach gehörte, abgegeben.
Bei seinen Vorstellungsgesprächen hatte er mittlerweile die abschätzenden Blicke zu deuten gewusst und schon bevor das erste Wort gefallen war, wurde ihm klar, dass es nichts werden würde.
Einmal hatte er einem Angestellten, der ihn nicht respektierte und ihn als laufenden Meter bezeichnete, anschließend sehr scharf die Leviten gelesen. Darauf wurde er von dem Personalchef bestimmt, aber höflich aus der Firma geworfen.
Was soll ich nur tun? Missmutig starrte er vor sich hin. So kann es nicht weitergehen. Er merkte nicht, dass sich neben ihn eine etwas ältere Frau auf die Parkbank gesetzt hatte und ihn ganz offen musterte.
Als er dies bemerkte, schaute er sie an.

Ist was?
Na, junger Mann. Willst du heute nicht arbeiten? Machst wohl blau, was? So sind die jungen Leute von heute. Nichts arbeiten und das Geld, das wir Alten verdient haben, mit vollen Händen ausgeben.

Halt einfach deine Klappe, du alte Spinatwachtel, erwiderte er. Gleichzeitig erhob er sich und entfernte sich von ihr.

Frechheit, rief sie ihm nach. Solche wie dich müsste man in ein Arbeitscamp sperren. Da würdest du lernen, was gute Arbeit ist. Dann würdest du nicht auf dumme Gedanken kommen und eine Dame beleidigen. Er hörte sie noch weiter vor sich hin brabbeln, was er aber nicht mehr verstehen konnte, weil er sich schon zu weit von ihr entfernt hatte.

Als er weiterging, kam er an dem öffentlichen Spielplatz vorbei, der sich an den Park anschloss.

Auf dem Basketballfeld sah er zwei Männer, die sich den Ball zuwarfen und anschließend versuchten ihn in das Netz zu werfen.

Als sie ihn sahen, unterbrachen sie ihr Spiel.

Na, wen haben wir denn da? So ganz ohne Aufsicht. Weiß deine Mutti denn, wo du bist?

Ach, halte doch einfach deine Klappe, entgegnete er.

Im selben Moment, als er das gesagt hatte, wusste

er, dass es Ärger geben würde. Sie nahmen ihn auch sofort in die Zange.

Was hast du da eben gesagt?, erwiderte ihm derjenige, der ihn angesprochen hatte.

Du hast es schon verstanden. Er wollte weitergehen. Wurde aber daran gehindert, weil ihn der andere festhielt.

Da müssen wir wohl jemandem Manieren beibringen, sagte er.

Im selben Moment bekam Johnny auch schon einen Faustschlag in die Magengegend. Er sackte zusammen und fiel auf den Boden. Stöhnend blieb er liegen.

He, lasst ihn in Ruhe, hörte er eine Frauenstimme sagen.

Halt die Klappe, sagte derjenige, der ihm den Schlag versetzt hatte.

Ihr fühlt euch wohl ziemlich stark jemand zusammenzuschlagen, der sich nicht wehren kann.

Er sah hoch und begann sich langsam aufzurichten.

Helft ihm auf die Beine.

Er merkte, wie er hochgehoben wurde.

Susi hat recht, sagte der Mann, der ihm den Schlag in die Magengegend versetzt hatte. Es macht keinen Spaß, eine halbe Portion noch kleiner zu machen.

Geht's wieder?

Er sah die Frau an und sah in die tollsten rehbraunen Augen, die man sich vorstellen kann. Er musste schlucken, so hingerissen war er.

Es geht schon wieder, murmelte er.

Komm, setz dich.

Sie führte ihn zu der Bank und er setzte sich. Sie nahm neben ihm Platz.

Ich bin die Susi, sagte sie und streckte ihm ihre Hand hin.

Er zögerte.

Jetzt ist er auch noch schüchtern, sagte der andere.

Halte dein Maul, sagte die Frau, die daneben saß.

Es geht schon wieder.

Wie heißt du?

Johnny.

Hat der Johnny auch einen Nachnamen?

Johnny Langer.

Der Kleine ist ein Langer. Das habe ich gar nicht gewusst.

Er lachte und der andere Mann stimmte ebenfalls in sein Lachen ein.

Ich bin die Susi Feldmann, die andere Frau neben dir ist die Lore Busch. Der feine Herr mit der großen Klappe, der gerne auf Schwächere losgeht, heißt Rico Sandner und dieser da ist Karl Busch.

Er nickte ihnen der Reihe nach zu.

War nicht so gemeint, sagte Rico. Was treibst du gerade?

Ich habe mich um eine Arbeitsstelle bei der Bäckerei dort drüben beworben. Haben mich aber nicht genommen. Ich wäre zu klein, haben sie abschließend gesagt. Wenn die das früher gesagt hätten, wäre ich gleich gegangen. Der Typ hat mir ein paar blöde Fragen gestellt.

Lass mal hören. Was für Fragen?

Wie heißt der Bundeskanzler?

Wie heißt die Hauptstadt von Deutschland?

Wie viele Pfund hat ein Kilo?

Wie viele Teile sind ein Dutzend?

Und, hast du die Fragen beantworten können?

Meine Antworten scheinen ihm nicht gefallen zu haben. Keine ist richtig, hat er gesagt.

Was habt ihr denn in der Schule gelernt?

Und was hast du ihm geantwortet?

Ob er einen Doktor haben will. Und ob die Kunden merken, ob ein Volksschüler oder ein Doktor die Brötchen gebacken hat.

Das hast du klasse gemacht. Rico lachte laut und die anderen stimmten in sein Lachen mit ein. Als sie sich so weit beruhigt hatten, fragte Rico weiter.

Wie ging es weiter?

Bevor ich gegangen bin, habe ich ihm gesagt, was ich von ihm halte.

Rede weiter und spanne uns nicht so auf die Folter.

Ich sagte zu ihm: Wissen Sie, was der Unterschied zwischen Ihnen und mir ist?
Johnny sah sie an.
Ich hab eins und sie sind eins.
Er sah in ihre verblüfften Gesichter. Wie auf ein Kommando lachten sie alle vier.
Als sie ausgelacht hatten, haute ihm Karl auf die Schulter. Das hast du gut gemacht. Ich hätte es nicht besser machen können.
Ich hab ein Arschloch und Sie sind ein Arschloch, sagte er und lachte wieder. Die anderen stimmten in sein Lachen mit ein.
Du bist in Ordnung, sagte Karl. Wir wollen etwas trinken. Wenn du willst, dann kannst du dich uns anschließen.
Sehr gern, sagte Johnny. Ich habe im Augenblick eh nichts Besseres vor.
Er ging mit ihnen zu dem nahegelegenen Irish Pup. Dubliner's stand auf dem beleuchteten Transparent, das an der Wand angebracht war. Gemeinsam betraten sie den Pup.
Hallo, Charlie, mach für mich schon mal ein Guinness fertig, rief Karl in den Raum hinein. Für mich auch, echote Rico hinterher. Und für die Mädels das Übliche.
Was willst du?, fragte ihn Rico.
Dasselbe wie ihr.
Noch ein Guinness, Charlie.

Charlie nickte ihm zu und sie nahmen an einem Tisch, der an einem Fenster stand, Platz.

Jetzt hatte Johnny etwas mehr Zeit, sich seine neuen Bekannten etwas genauer zu betrachten. Er fing bei Susi an. Es war ihm schon vorher im Park aufgefallen, dass sie eine tolle Figur hatte. Sie war schlank, hatte blonde, lange Haare und eine tolle Figur, wie er fand. Sie war seiner Schätzung nach etwa fünf Zentimeter größer als er und musste so um die 1,75 Meter sein. Sie könnte in meinem Alter sein, dachte er. Und sie schien nett zu sein. Wenn man sie ansah, wurde man sofort von ihren braunen Augen gefangengenommen. Ihm fiel das Lied ein: Rehbraune Augen hat mein Schatz ...

Lore war älter als Susi. Er schätzte sie auf 35 Jahre. Sie war mehr der mütterliche Typ. Gegen ihn war sie eine Riesin. Ihre Größe beträgt wahrscheinlich 1,80 bis 1,85 Meter. Sie hatte schwarze Haare, die schulterlang waren, aber heute hatte sie sich für einen Pferdeschwanz entschieden. Ihre Figur bezeichnete er als vollschlank. Als er verstohlen ihre Brust musterte, merkte er, dass sie besser bebust war als Susi. Er musste schlucken. Ich muss mich zusammenreißen, damit meine Fantasie nicht mit mir durchgeht, dachte er.

Er fuhr mit seinen heimlichen Betrachtungen fort und landete bei Rico, der neben ihm saß.

Rico war so groß wie Lore. Also auch um die 1,80 bis 1,85 Meter. Man konnte ihn schon als Frauentyp bezeichnen. Er war schlank und hatte einen durchtrainierten Körper. Er war mehr der dunkle Typ. Schwarze Haare, die bis in seinen Nacken reichten. Ein schwarzer Oberlippenbart, den er sorgsam zu pflegen schien, rundete sein Erscheinungsbild ab. Das i-Tüpfelchen seiner Erscheinung aber war die satte Bräunung, die er sich anscheinend bei vielen Sonnenbädern geholt hatte.

Seine Betrachtungen endeten mit der vierten Person des Quartetts. Karl war mit Lore verheiratet. Seiner Figur merkte man schon an, dass er dem Essen und Trinken nicht abgeneigt war. Ein mittlerer Bauchansatz schob sich über seinen Hosengürtel, der ihm eine stattliche Erscheinung verpasste. Seine Haare waren schon nicht mehr so zahlreich auf dem Kopf und fingen auch schon leicht zu ergrauen an. Er hatte sich einen Vollbart wachsen lassen, der mehr oder weniger gepflegt war. Er musste vom Alter her ein paar Jahre älter als Lore sein. Das müssten 45 bis 48 Jahre sein. Beeindruckend waren seine großen Hände, die Johnny wie Schaufeln vorkamen. Wenn ich von dem eine gewischt bekommen würde, dann sähe ich in den zwölf Aposteln wohl eine Räuberbande. Seine Größe schätzte er auf 1,90 Meter.

Als er mit seinen Betrachtungen fertig war,

brachte Charlie ihre Getränke. Lasst uns auf unseren neuen Freund anstoßen.
Auf Johnny. Auf Johnny, stimmten die anderen mit ein.
Also stieß er mit ihnen an und nahm einen kräftigen Schluck aus dem Glas. Als er es abstellte, sah er, dass er es zu einem Drittel geleert hatte, was er zufrieden registrierte.
Was treibst du sonst noch, wenn du dich nicht auf dem Arbeitsamt rumdrückst oder dir die eine oder andere Abfuhr einholst? Karl sah ihn erwartungsvoll an, nachdem er die Frage gestellt hatte.
Ich spiele an meinem Computer, gehe spazieren oder fahre mit dem Rad, sagte er. Das drängt sich einem geradezu auf, wenn man keine Knete hat.
Und was treibt ihr so den ganzen Tag, wenn ihr nicht den kleinen Leuten den Ranzen fegt?
Er hatte die Frage schnell gestellt, um auf keine weitere Frage antworten zu müssen. Außerdem fand er es mal an der Zeit, etwas über die anderen zu erfahren.
Wir sind alle arbeitslos und kriegen Stütze. Diese Woche hat mich das Arbeitsamt bei der Post vermittelt, wo ich einen Vertrag für vier Wochen habe. Bei der Post im Briefzentrum im Schichtbetrieb. Ab morgen muss ich die ganze Woche in den Nachtdienst. Mal sehen, wie mein Revuekörper das verkraftet. Wie du an Rico sehen kannst, lässt

der sich lieber die Sonne auf den Pelz scheinen oder geht in das Sonnenstudio. Und die Mädels haben auch keine Lust, sich ein Bein rauszureißen. Stimmt's?

Fragend schaute er Lore und Susi an, die sofort nickten.

Dann habt ihr genauso wenig Kohle wie ich, sagte Johnny. Ich habe mir schon überlegt, wie ich meine Kasse ein wenig aufbessern könnte. Habt ihr da vielleicht eine Idee? In zu viel Arbeit dürfte es natürlich auch nicht ausarten. Versteht ihr?

Aber natürlich, Süßer, sagte Susi und sah ihn an.

Ihm wurde auf einmal ganz heiß. Hoffentlich werde ich nicht rot im Gesicht, dachte er. Da war es auch schon geschehen.

Die anderen fingen an zu lachen, als sie das bemerkten.

Ja, meine Susi bringt jeden zum Schwitzen, wenn sie will.

Und welche Vorteile habt ihr anderen?, fragte er und sah sie erwartungsvoll an.

Nun, Rico bringt wie Susi das andere Geschlecht ebenfalls durcheinander, entgegnete Karl. Meine Lore macht so einen bürgerlichen Eindruck, dass ihr die anderen einfach vertrauen, als wäre sie der Papst selbst. Sie hat eben das gewisse Etwas.

Lore hatte bisher geschwiegen und sah Johnny

mit ihren dunklen Augen vielsagend an. Wieder hatte er eine heiße Hitzewallung. Das kann ja heiter werden bei den scharfen Weibern. Eine so scharf wie die andere und ich vielleicht mittendrin.

Wo liegen deine Vorzüge, Karl?, fragte er ihn und nahm einen Schluck aus seinem Glas.

Charlie, noch mal dasselbe, brüllte dieser in Richtung Tresen.

Meine Talente sind in der Organisation und Planung zu finden, sagte er großspurig und wischte sich mit der Hand über den Mund.

Sag mal, wo wohnst du überhaupt, unterbrach Lore ihren Mann.

Auf dem Blumenhof.

Susi und ich in der Kanalstraße 14 neben dem Kiosk, sagte Rico.

Karl und ich in der Dammstraße 86 unmittelbar am Stadion von Grün Weiß.

Johnny blieb noch eine Stunde mit den anderen zusammen, redete über dies und das.

So Leute, jetzt gehe ich aber. Sehen wir uns wieder?, fragend schaute er sie an.

Natürlich sehen wir uns wieder, sagten die anderen einstimmig. Wir tauschen noch schnell unsere Telefonnummern aus.

Charlie, wir wollen zahlen, rief Rico. Lass mal stecken, sagte Rico, als er sah, dass Johnny seine Geldbörse aus der Gesäßtasche holen wollte. Wenn du so einen schweren Tag gehabt hast, dann bist du heute von uns eingeladen.

Er bedankte sich und verließ das Dubliner's.

Die Geschäftsidee

Als er auf der Straße stand, verharrte er einen Moment und holte tief Luft. Man, was waren das für scharfe Weiber. Bei ihm im Gefechtskeller war der Teufel los.

Ich schau mal bei Hannah vorbei. Vielleicht ist sie da und kann bei mir erste Hilfe leisten. Ich bin heiß wie ein Apache auf dem Kriegspfad.

Schnell ging er zu der Straßenbahnhaltestelle und stieg gleich in die Vierer ein, die ihm Hannah näherbrachte.

Er kannte sie erst seit einem halben Jahr. Sie war beim Theater als Maskenbildnerin angestellt. Seine große Liebe war sie nicht, aber so ganz in Ordnung. Er hatte sie erst nach zwei Monaten ins Bett gekriegt. Mittlerweile hatte sich das Ganze eingespielt und sie waren eine richtige Zweckgemeinschaft geworden. Gibst du mir, dann gebe ich dir. Nach diesem Motto. Als die Haltestelle kam, wo er aussteigen musste, erhob er sich und begab sich zum Ausgang. Als die Straßenbahn hielt, stieg er aus und ging zur anderen Straßenseite und stand auch sofort vor dem Haus, in dem seine Freundin wohnte.

Er klingelte und wartete. Nach 20 Sekunden klingelte er wieder. Wieder keine Antwort.

So ein Mist. Er hasste den Satz, der sich in sol-

chen Momenten in sein Gehirn schlich, wenn er heiß war und nicht zum Zuge kam.
Und ist das Mädchen mal nicht da, dann legst du selber Hand mit an.

Missmutig ging er zur Haltestelle zurück und stieg in die nächste Straßenbahn ein und machte sich auf den Weg zu seiner Wohnung. Dort angekommen stellte er sich unter die Dusche und ging anschließend auf den Balkon, um eine Zigarette zu rauchen. Er machte eine Flasche Bier auf und nahm einen kräftigen Zug daraus.

Die vier scheinen ja ganz nett zu sein, dachte er. Vielleicht habe ich da ein paar Freunde gefunden. Außer Hannah habe ich ja sonst niemand.

Hannah hatte ihm während der Zeit, in der er mit ihr zusammen war, angefangen ihn im Schminken zu unterrichten. Sie war Maskenbildnerin im hiesigen Theater. Mittlerweile konnte sie ihm nichts Neues mehr beibringen. Du kapierst schnell und bist bald besser als ich, hatte sie ihm erst vor zwei Tagen gesagt. Mit ein bisschen mehr Übung hast du keine Schwierigkeiten mehr.

Er wurde in seinen Gedanken unterbrochen, als das Handy klingelte. Er sah im Display, dass es Hannah war.

Hi, sagte er.

Du, Johnny, ich muss dir was ganz Tolles erzählen. Ich habe die Möglichkeit, mit dem Opernensemble auf Europa-Tournee zu gehen. Ist das nicht fabelhaft?

Das freut mich aber für dich, sagte er wenig begeistert.

Wann geht's los?

Schon morgen früh um acht Uhr fahren wir vom Theater ab. Wenn du willst, dann kannst du meine Schminkausrüstung haben. Ich werde komplett neu ausgestattet.

Das ist aber toll. Da freue ich mich riesig für dich. Dann bin ich in der nächsten Stunde bei dir und hole die Schminkausrüstung ab. Dann können wir uns auch noch verabschieden.

Er merkte, wie sie zögerte.

Stimmt was nicht?

Nein, das nicht. Bitte sei mir nicht böse, aber ich habe keine Zeit mehr. Ich muss noch so viel erledigen. Ich werde die Schminkausrüstung im Blumenladen bei Frau Schwarz abgeben. Tschüss mach's gut und Bussi. Nicht böse sein.

Ehe er noch was sagen konnte, war die Verbindung unterbrochen.

Na prima, dachte er, da kommt Freude auf. Die hat mich doch ganz elegant entsorgt. Typisch Weib.

Ihren verdammten Schminkkoffer kann sie behalten und ihn sich sonst wohin stecken.

Er nahm wieder einen Schluck aus seiner Fla-

sche und zündete sich danach wieder eine Zigarette an.
Er nahm einen tiefen Zug und hielt plötzlich wie erstarrt inne. Aus seinem offenen Mund kam Zigarettenrauch.
Ihm war soeben ein Gedanke gekommen, der ihn nicht mehr losließ.
Das muss alles gut durchdacht sein. Ich werde Karl, Rico, Lore und Susi für mich arbeiten lassen. Werde als Auftraggeber aber im Hintergrund bleiben. Als Johnny bin ich vor Ort und kann alles kontrollieren. Wir werden die Reichen und die Dummen ein wenig erleichtern.
Da brauchen wir einen Hehler, der uns das Zeug abnimmt. Bei der Bank werde ich ein Konto auf einen falschen Namen eröffnen. Da soll Karl, den ich zum Anführer mache, immer die Geldkassette mit dem Erlös aus der jeweiligen Aktion einwerfen. Zuerst aber werde ich mich schminken und ein Passbild von mir machen lassen. Auch die passenden Kleider werde ich dazu brauchen. Ich werde nämlich als 60-Jähriger auftreten und äußerst seriös sein. Die notwendigen Kleider würde er sich von seinem kürzlich verstorbenen Opa nehmen. Die zwei Koffer mit dessen Kleidern hatte er von dem Altersheim bekommen, in dem sein Opa zuletzt war. Da er nicht wusste, was er mit dem ganzen Kram machen sollte, hatte er die

zwei Koffer fürs Erste auf dem Dachboden deponiert.

Die Passbilder mit den Personenangaben für Reisepass, Führerschein ect. werde ich zu Linus bringen.

Linus war der Vater von einem ehemaligen Schulkameraden. Er war wegen Urkundenfälschung ins Gefängnis gekommen. Diese Strafe hatte er aber abgebüßt, wie er erst kürzlich von ihm erfahren hatte.

Johnny besorgte sich die Telefonnummer des Blumenladens und fragte nach, ob Hannah schon den Koffer für ihn abgegeben hätte.

Ja, das junge Fräulein war vor zehn Minuten hier, sagte die Verkäuferin. Ich bin in einer halben Stunde bei Ihnen, wenn es Ihnen recht ist.

Sie können vorbeikommen, wann immer Sie Zeit haben, bekam er zur Antwort. Wir haben montags bis samstags von 7.00 bis 18.00 Uhr geöffnet.

Er zog sich schnell an und verließ das Haus. Nach einer Stunde war er mit dem Koffer von Hannah wieder zurück und ging an die Arbeit.

Es war schon lange dunkel, als er mit seinen Vorbereitungen fertig war. Er ließ noch einmal das Ganze Revue passieren, ob er auch nichts vergessen hatte. Den Reisepass würde er in drei Tagen bekommen. Danach würde er umgehend ein Konto

eröffnen. Er musste gähnen und merkte, dass er müde war. Er schaute auf die Uhr und merkte, dass es schon kurz vor Mitternacht war.
Ich werde jetzt schlafen gehen.

Er wachte so gegen elf Uhr auf. Verdammt, ich habe verschlafen. Ich wollte doch Hannah verabschieden. Na ja, jetzt war es zu spät. Er ging auf den Balkon und zündete sich eine Zigarette an. Er hatte sich das mittlerweile angewöhnt, nach dem Aufstehen immer eine zu rauchen. Plötzlich hatte er keine Lust mehr und drückte sie im Aschenbecher aus. Ich muss damit aufhören. Das bringt mich noch um. Am besten fange ich gleich damit an. Er nahm die Schachtel Zigaretten und das Feuerzeug und warf sie in den Abfalleimer.
Ich werde mich ein wenig frisch machen und etwas essen gehen. Eine Currywurst bei Harry-Curry wäre nicht schlecht.
Nach einer halben Stunde war er auf dem Weg zu Harrys Currybude, die etwa zehn Minuten von seiner Wohnung entfernt war.
Er brauchte keine Bestellung aufzugeben. Harry hatte ihn kommen sehen und ihm gleich eine Currywurst mit Fritten hingestellt. Daneben die obligatorische Cola. Schweigend legte er das Geld hin und stellte sich an einen Stehtisch, wo er alles mit Genuss verzehrte.

Er ging danach wieder in seine Wohnung zurück und legte sich noch einmal hin.

Lore nimmt sich Johnny zur Brust

Johnny wurde unsanft aus seinen Träumen gerissen. Das Telefon war unbarmherzig und trieb ihn aus dem Bett. Er nahm den Hörer ab und meldete sich.
Kurz und knapp meldete er sich.
Ja.
Hallo, Johnny, weißt du, wer dran ist?
Es war eine Frauenstimme. Er brauchte einen Moment, bis er sie eingeordnet hatte.
Ich bin's, die Lore.
Hallo, Lore, wie geht's?
Gut. Und dir?
Auch gut. Was gibt's?
Karl meint, du könntest uns heute Abend besuchen. Hast du Lust?
Na klar hab ich Lust.
Dann komm so gegen acht.
Er schaute auf die Uhr. Es war 19.30 Uhr. So lange hatte er geschlafen.
Geht klar.
Bis später.
Tschüss.
Er legte auf.
Karl hatte wohl keine Lust, heute Abend bei der Post zu arbeiten.

Ich werde mich umziehen und gleich zu ihnen fahren.
Nach fünf Minuten verließ er das Haus und fuhr zu den beiden. Er ließ das Auto stehen, weil es so für ihn billiger war, und fuhr wieder mit der Straßenbahn.
Pünktlich um acht stand er vor der Wohnung der beiden. Während er klingelte, merkte er, dass sein Herz doch ein bisschen schneller schlug als sonst.
Er musste nicht lange warten, da die Tür auch gleich aufging und Lore vor ihm stand.
Hallo, sagte sie einfach.
Bitte komm rein. Dabei trat sie zur Seite, so dass er eintreten konnte.
Sie führte ihn in das Wohnzimmer, das einfach eingerichtet war. Sauber schien es auch zu sein.
Bitte setz dich.
Johnny nahm auf dem Sofa Platz.
Wo ist Karl?
Karl hat sich doch entschlossen seine Arbeit bei der Post anzutreten. Du musst dich mit mir unterhalten oder hast du keine Lust? Fragend schaute sie ihn an.
Doch, doch, versicherte er ihr sofort. Dabei beschlich ihn ein ungutes Gefühl. Hier stimmte etwas nicht. Das konnte er förmlich riechen.
Das Gefühl wurde noch bestärkt, als sich Lore

neben ihn setzte. Normalerweise ist das nicht außergewöhnlich, dass sich eine Frau neben einen Mann setzt. Aber Lore saß jetzt so dicht neben ihm, dass er nicht mehr ausweichen konnte, da er schon eng an der Seitenlehne saß. Er wusste nicht, wo er hinschauen sollte. So überrascht war er. Sie drückte sich noch enger an ihn und legte den linken Arm um seine Schulter. Er starrte auf den Ausschnitt ihres T-Shirts, der ihren Busen vorteilhaft zur Geltung brachte. Mit der rechten Hand fasste sie ihm an das Kinn und drückte seinen Kopf zu ihr hin. Jetzt schaute er in ihre dunklen Augen. Seine Gedanken überschlugen sich. Er atmete schnell und hektisch. Du brauchst keine Angst zu haben, sagte sie. Karl ist schon seit einer Stunde aus dem Haus. Ich habe ihn bei der Arbeit angerufen, ob er auch wirklich dort ist. Kaum hatte sie das gesagt, als sie ihren Mund auch schon auf den seinen presste. Sie fuhr dabei mit ihrer rechten Hand über seinen Schenkel und war auch kurz danach am Ziel ihrer Begierde angekommen.

Johnny wusste nicht, wie ihm geschah. Er war machtlos. Er versuchte sich aus der Umklammerung von Lore zu befreien, was ihm aber nicht gelang. Jetzt legte sie auch noch ihr rechtes Bein auf seines und die Umklammerung war komplett. Er versuchte sich aus dieser zu lösen, was ihm aber nicht gelang. Da sie ihm körperlich überlegen war, hatte er keine Chance. Resigniert ergab er sich seinem Schicksal. Lore wühlte mit ihrer Zunge in seinem Mund. Ihre Hand hatte in seinem Maschinenraum den Chefaufseher gefunden, der sich dem Eindringling tapfer entgegenstellte und zu ungeahnter Größe erwuchs. Lores Mund löste sich von seinem. Ihr Atem ging schneller.

Wir werden viel Spaß miteinander haben, sagte sie. Als ich dich das erste Mal gesehen habe, wusste ich, dass ich dich haben will. Komm mit. Sie wartete seine Antwort nicht ab und zog ihn mit der Hand, die mit seinem Chefaufseher immer noch im Clinch war, in das Schlafzimmer. Zieh dich aus, sagte sie zu ihm in einem Tonfall, der keinen Widerspruch duldete. Sie ließ ihn immer noch nicht los. Er war im wahrsten Sinne des Wortes in ihrer Hand. Als er nackt vor ihr stand, gab sie ihm ihren nächsten Befehl.

Und jetzt, mein Lieber, darfst du mich ausziehen, flüsterte sie mit heiserer Stimme. Er zog ihr das T-Shirt über den Kopf und sah, dass sie oben ohne war. Und jetzt den Rock. Er machte an der Seite den Knopf auf und schon fiel der Rock auf den Boden. Jetzt war auch sie splitternackt.

Johnny ergab sich in sein Schicksal. Die hat das alles von Anfang an geplant. Da hab ich keine Chance, dachte er resigniert. Es war aber eine schwache Resignation. Insgeheim wollte er es auch.

Lore schob in an das Bett und gab ihm einen Stoß auf die Brust. Er fiel rücklings darauf. Schon war sie über ihm und bedeckte ihn mit Küssen. Dabei kam sie immer tiefer.

He, was soll das? Ich bin der Mann, dachte er. Von mir muss die Initiative ausgehen. Sie ließ ihm wiederum keine Chance. Sie machte sich mit Larry bekannt, wie er seinen Chefaufseher nannte, und danach bestieg sie ihn. Ihre Augen leuchteten ihn an.

Was für einen starken kleinen Bengel du doch hast. Jetzt müssen wir nur noch herausfinden, ob er auch ein Steher ist.

Lieber Gott, bitte lass mich nicht hängen und hilf mir. Sie ergriff seine Hände und legte sie an ihre Brüste. Sie fing langsam an ihn zu reiten. Sie beugte sich nach hinten und hielt sich mit den Händen an seinen Beinen fest.

Johnny gefiel es mittlerweile. Er genoss die Zärtlichkeiten, die er von Lore bekam, in vollen Zügen.

Sie schien das gemerkt zu haben, denn sie veränderte zwischendurch immer wieder die Position, um auch ihm Gelegenheit zu geben, aktiver zu werden. Dabei achtete sie immer darauf, dass sie die Oberhand behielt.

Nach einer halben Stunde war alles vorbei.

Schwer atmend lagen beide nebeneinander. Sie drehte den Kopf auf seine Seite und lächelte ihn an.

Na, zufrieden?

Ja, sehr zufrieden. Er lächelte zurück. Du hast das von Anfang an geplant, nicht wahr?

Er sah, wie sie nickte.

Mit Karl und mir läuft das nicht mehr so recht. Wir haben im Monat vielleicht ein- bis zweimal Sex. Da bist du mir gerade recht gekommen. Ich bin sehr zufrieden mit dir, sagte sie und ihre Hand liebkoste dabei Larry.

Wir sollten das nicht mehr machen, sagte er. Wenn Karl das herausbekommt, ist der Teufel los. Sonst ist es mit unserer Freundschaft aus, bevor sie begonnen hat.

Wir werden sehen, sagte sie und lächelte vor sich hin.

Die gibt nicht auf, dachte Johnny. Ich muss vorsichtig sein, damit mir die Situation nicht aus dem Ruder läuft.

Wenig später zog er sich an und als er sich von ihr verabschieden wollte, drückte sie ihn gegen die Wand und küsste ihn nochmals lange.

Das war zum Abschied noch eine kleine Zugabe, sagte sie zu ihm und hielt ihm die Tür auf.

Schnell verschwand er in der Nacht.

Lore lehnte sich an die Wand und ein Lächeln

umspielte ihre Lippen. Ich glaube, mein sexueller Notstand hat sich mit der heutigen Nacht erledigt.

Der erste Auftrag

Johnny war zuhause und saß am Küchentisch. Er sah sich seinen Reisepass an, den er bei Linus abgeholt hatte.

Es war für ihn gleich die Generalprobe gewesen, was seine Verkleidung anbelangte. Er war bei ihm erschienen und hatte ihm die Passbilder übergeben und ihm seine Wünsche mitgeteilt. Als Anzahlung hatte er die Hälfte der vereinbarten Summe sofort bezahlt. Den Rest würde er bei Abholung der Papiere bezahlen. An dem Tag, der vereinbart war, dass er die Unterlagen abholen konnte, hatte er vorher zur Sicherheit angerufen.

Alles bestens, Herr Stief. Sie können jederzeit vorbeikommen.

Johnny musste sich erst daran gewöhnen, dass er mit seinem Pseudonym »Stief« angesprochen wurde.

Er war wieder in die Rolle des alten Herrn von 60 geschlüpft. Auch dieses Mal hatte ihn Linus nicht erkannt. Da wusste er, dass er sich hinsichtlich seiner Verkleidung keine Sorgen mehr machen musste. Das Einzige, wovor er sich nicht ganz sicher war, war eine Begegnung mit Karl, Rico, Lore und Susi. Auch das würde er noch herausfinden.

Das Ganze war eine Sache von zehn Minuten gewesen. Er hatte den Rest der vereinbarten Summe übergeben, nachdem er mit der Prüfung seiner Papiere zufrieden war. Schnell hatte er sich danach von Linus verabschiedet.
Die nochmalige Überprüfung seines Reisepasses verlief zu seiner vollsten Zufriedenheit. Auch der Personalausweis, Führerschein und Geburtsurkunde waren nicht zu beanstanden.
Die ganze Aktion hatte ihn seine gesamten Ersparnisse gekostet. Er brauchte jetzt dringend wieder Geld. Als Erstes würde er bei der Bank ein Konto eröffnen und mit einem Kurier den Brief an Karl zustellen lassen. Darin hatte er ihm die genauen Instruktionen aufgeschrieben, wie er sich eine Zusammenarbeit mit ihm und den anderen vorstellte.

Johnny verließ das Haus und ging zur Bank. Er hatte sich die Volksbank ausgewählt. Erstens hatte er dort kein Konto und zweitens war sie zu Fuß in fünf Minuten zu erreichen. Die Kontoeröffnung verlief problemlos. Sein Ausweis bestand die erste Bewährungsprobe und wurde nicht beanstandet. Er war Schweizer Staatsbürger und hieß Valentin Stief.
Danach ging er zu dem Kurierdienst und gab seinen Brief für Karl ab. Ich werde mir zur Feier des

Tages eine Tasse Kaffee und ein Stück Kuchen genehmigen. Er betrat das Kaffeehaus, das sich unmittelbar neben dem Kurierdienst befand, und setzte sich. Der Kellnerin gab er seine Bestellung auf und hatte keine zwei Minuten später das Gewünschte auf seinem Tisch. Er wollte sich gerade die Kaffeesahne in seinen Kaffee gießen, als er erstarrte. Gerade hatten zwei Frauen das Kaffeehaus betreten.

Diese zwei Frauen waren niemand anderes als Lore und Susi. Sie kamen geradewegs auf ihn zu. Er glaubte schon enttarnt worden zu sein, was aber nicht der Fall war. Lore und Susi setzten sich an den Tisch links von ihm.

Na so ein Glück, dachte Johnny. Die beiden haben mich nicht erkannt. Da bin ich mal gespannt, was sich die beiden so zu erzählen haben.

Die beiden gaben der Kellnerin ihre Bestellung und fingen an zu tratschen.

Weiberkram, dachte Johnny. Bis jetzt haben die beiden nichts gesagt, was mich interessieren könnte. Er trank mit Bedacht seinen Kaffee, was er der Person, in die er sich verwandelt hatte, schuldig zu sein glaubte.

Plötzlich war er hellwach. Lore hatte gegenüber Susi ein amouröses Abenteuer erwähnt.

Hör zu, hörte er sie verschwörerisch flüstern. Gestern Abend, als Karl seine Nachtschicht bei der Post angetreten hat, hatte ich ein Sexabenteuer.

Was? Du? Erzähle, da bin ich aber neugierig.
Du wirst nie erraten, wer es war.
Wir beide haben ihn erst vor kurzem kennengelernt.
Es folgte eine kurze Stille.
Nein. Du meinst doch nicht etwa Johnny?
Doch, genau den, sagte Lore und nickte dabei mit dem Kopf.
Auf den bin ich auch scharf, entgegnete ihr Susi. Sag mir, wie du das angestellt hast.
Was jetzt kam, war Johnny wohlbekannt. Nur, dass er jetzt auch noch die ehrliche Meinung von Lore hörte.
Du kannst mir glauben, was ich dir sage. Der Junge ist im Bett eine Granate. Jedenfalls hatte ich seit zehn Jahren wieder meinen ersten Orgasmus. Karl ist im Bett eine regelrechte Flasche. Nach zwei oder drei Minuten ist er fertig. Ein Rammelbiber ist dagegen ein Marathonläufer. Danach fragt er mich auch noch, ob er gut war. Ob ich zu meinem Vergnügen gekommen bin oder ob ich auch Wünsche habe, danach fragt er in keiner Weise. Das interessiert ihn überhaupt nicht.
Wie läuft es denn mit Rico und dir, Susi?
Bei mir ist es nicht ganz so schlimm wie bei dir. Ich komme zwar einigermaßen auf meine Kosten, aber der ganz große Schwung ist auch bei uns nicht mehr da. Rico war in unserer ersten Zeit echt

gut. Aber er lässt immer mehr nach. In der Woche vielleicht einmal. Das war auch schon mal besser. Ich habe den Verdacht, dass er fremdgeht. Wenn ich mit ihm schlafen will, dann hat er meistens keine Lust.

Da würde mir Johnny jetzt auch gerade recht kommen. Wenn Rico mal für längere Zeit abwesend ist, dann kralle ich ihn mir.

Weißt du was, sagte Lore. Ich habe da eine tolle Idee. Wie wäre es, wenn wir beide uns Johnny teilen. Wir sprechen uns vorher immer ab, damit wir uns nicht ins Gehege kommen.

Johnny war wie vor den Kopf geschlagen. Er glaubte nicht, was er da hörte. Die Mädels wollten ihn unter sich aufteilen. In ihren Augen war er anscheinend nichts anderes als ein Hengst, den man einfach ritt, wenn einem danach war.

Susi allerdings wollte er mitnehmen, bevor er dem Ganzen einen Riegel vorschob. Er war gespannt, wie sie es anstellen würde, ihn in die Kiste zu kriegen.

Er hörte, wie ein Handy läutete. Es war Lores Handy.

Ja, Karl, was gibt's?

Okay, wir kommen. Susi ist bei mir. In einer halben Stunde sind wir bei dir. Sie beendete das Gespräch.

Zu Susi sagte sie: Karl hat angerufen. Er hat anscheinend ein Ding am Laufen. Er hat versucht Johnny zu erreichen. Der geht aber nicht ran. Wir gehen am besten gleich.

Johnny war froh, dass er sein Handy ausgeschaltet hatte.

Er sah, wie Lore die Kellnerin heranwinkte und bezahlte. Danach erhoben sich die beiden und gingen.

Johnny sah den beiden nach.

Frauen unterhalten sich auch viel lieber über das eine, nicht nur wir Männer, dachte er. Kurze Zeit später verließ auch er das Kaffeehaus.

Als Johnny zuhause war, entledigte er sich seiner Verkleidung und schminkte sich ab. Danach rief er Karl an.

Hallo, Karl, hier ist der Johnny. Ich wollte mich mal bei dir melden und fragen, wie es dir so geht.

Das trifft sich gut, dass du anrufst. Ich habe schon seit zwei Stunden versucht dich zu erreichen. Kannst du in der nächsten Stunde bei mir vorbeikommen. Ich habe etwas mit dir und den anderen zu besprechen. Können wir uns um zwei Uhr bei mir treffen?

Okay, ist mir recht. Bis später.

Bis später, Johnny.

Na da bin ich aber mal gespannt, wie Karl meinen Auftrag den anderen beibringt.

Pünktlich um zwei klingelte er bei Karl. Lore machte ihm die Tür auf. Sie lächelte, als sie ihn sah, und fuhr sich mit der Zunge über die Lippen. Soll das eine Anspielung auf unser amouröses Abenteuer sein, dachte er.

Ah, da bist du, sagte sie. Die anderen sind bereits hier. Komm rein.

Er trat ein und begrüßte die anderen mit einem Hi.

Karl ergriff das Wort. Setz dich, Johnny. Dabei deutete er auf den letzten freien Stuhl neben sich.

Also, Leute, ich habe mir Gedanken gemacht, wie es mit uns weitergehen soll. Mit unserer chronischen Geldknappheit kann es so nicht weitergehen. Deshalb habe ich mich nach einer neuen Geschäftsbeziehung umgesehen und bin dabei fündig geworden. Nachdem er das gesagt hatte, ließ er eine kleine Pause folgen, um seine Worte auf die Anwesenden wirken zu lassen. Es trat das erwartete Ergebnis ein. Die anderen sahen ihn erstaunt an, redeten plötzlich wild durcheinander. Nach einer kleinen Weile verschaffte er sich mit einem kurzen »Ruhe verdammt noch mal« wieder Gehör.

Verblüfft schauten sie ihn an. Er genoss die Situation, das konnte man an seinem Gesicht ablesen.

Ich habe meine Verbindungen spielen lassen und habe jemand gefunden, mit dem ich eine Geschäftsbeziehung eingegangen bin. Dabei habe ich es aber zur Bedingung gemacht, dass die ganze Sache nur mit euch läuft. Mein Partner hat das nach kurzem Zögern auch akzeptiert.

Allerdings habe ich ihn nicht gesehen. Wir hatten nur telefonischen Kontakt. Er gibt uns Tipps mit allen Informationen und wir führen das Ganze dann aus. Er bekommt seinen Anteil und damit hat es sich.

Johnny musste innerlich schmunzeln. So ein ausgekochtes Schlitzohr. Dass er einen Brief erhalten hat, hat er aber nicht gesagt. Das Ganze hat er so hingestellt, als ob das Ganze auf seinem Mist gewachsen wäre.

Er wurde in seinen Überlegungen unterbrochen, als er von Karl angesprochen wurde. Ich muss wissen, ob ihr alle dabei seid. Johnny, wie denkst du darüber? Er nickte ihm zu. Ich bin dabei.

Da müssten wir aber noch ein bisschen mehr wissen, warf Rico ein. Die anderen stimmten ihm zu.

Das kommt schon noch, entgegnete Karl. Erst muss ich wissen, ob ihr alle mitmacht.

Rico? Bin dabei.

Susi? Ich auch.

Lore? Ja, dabei.

Okay, was wollt ihr wissen?

Weißt du wirklich nicht, wer dein Partner ist? Rico hatte diese Frage gestellt.

Nein. Ich hatte mit ihm nur telefonischen Kontakt. Wie hoch ist denn sein Anteil? Karl sah Susi an.

Er bekommt die Hälfte von allem.

Was, die Hälfte? Jetzt redeten alle durcheinander. Auch Johnny mischte sich in die Unterhaltung ein, um nicht aufzufallen.

Karl schien das zu viel werden, denn mit einem lauten »Ruhe« verschaffte er sich wieder Gehör. Redet nicht alle wie wild durcheinander. Er bekommt daher die Hälfte, weil er alle Vorarbeiten für uns erledigt und Auslagen hat. Wir wissen alle Details und können uns sofort an die Ausführung machen.

Das passt mir aber gar nicht, maulte Rico. Wir haben das Risiko und der Typ hält sich im Hintergrund und ist fein raus.

Genau, stimmte Lore zu.

Und was ist, wenn wir geschnappt werden?, fragte Susi.

Dann stellt er uns einen Anwalt und holt uns raus.

Mit seinem Anteil solltest du noch mal mit ihm verhandeln, sagte Johnny. Mit dieser Frage wollte er sein Interesse bekunden.

Ja, das solltest du, pflichteten die anderen ihm bei und blickten Karl erwartungsvoll an.

Dasselbe habe ich ihm auch gesagt.

Und?

Wieder schauten alle auf Karl.

Das ist nicht verhandelbar, ließ er mich wissen. Wenn ihr meine Bedingungen nicht akzeptiert, dann suche ich mir andere Partner.

Ich habe dann aber doch zugesagt. Wenn wir schon arbeitslos sind, dann haben wir viel Zeit und können uns nebenher zu der Stütze etwas dazuverdienen. Über das müsst ihr entscheiden, über nichts anderes.

Karls Worten folgte Schweigen.

Nachdem etwa zwei Minuten vergangen waren, meldete sich Johnny wieder zu Wort. Er wollte ein Signal für die anderen geben. Dabei setzte er auf den Herdeneffekt. Wenn einer anfing, dann folgten die anderen meistens nach.

Ich finde, dass Karl recht hat. Bevor ich nur doof rumhänge, verdiene ich mir lieber etwas dazu. Noch 'ne Frage, Karl. Wenn der die Hälfte von allem kriegt, wird dann der Rest zu gleichen Teilen unter uns aufgeteilt? Anscheinend hatte Johnny die schwache Stelle bei Karl erwischt. Plötzlich druckste der auf einmal herum.

Nicht ganz. Weil ich die ganze Arbeit habe, bekomme ich 40 Prozent.

40 Prozent? Da mach ich nicht mit, sagte Rico. Erregt war er aufgestanden. Sein Stuhl war dabei umgefallen. Das kannst du alleine machen. Ich mache auch nicht mit, sagte Susi.

Das nimmt eine gefährliche Wende, dachte Johnny. Ich muss Karl dazu kriegen, dass er mit dem gleichen Anteil zufrieden ist.

Dann überlege ich mir das Ganze auch noch mal, sagte er.

Karl sah seine Felle davonschwimmen. Es blieben nur noch Lore und er übrig. Sie stimmte natürlich für ihn.

Er versuchte alles, hatte aber keine Chance. Jedes Argument von ihm wurde von den anderen gnadenlos abgeschmettert.

Also gut, sagte er. Dann haben wir eine Vereinbarung. Als er das sagte, sah er dabei gar nicht glücklich aus. Gebt mir eure Hand darauf. Er legte seine Hand auf den Tisch. Die anderen legten ihre darauf. Dann bleibt es dabei. Die Hälfte von allem bekommt unser Auftraggeber und der Rest wird zu gleichen Teilen durch fünf geteilt. In Ordnung?

In Ordnung, sagten die anderen und schauten ihn an. Dann sei es so.

Um was geht es denn jetzt? Susi hatte es gesagt.

Rico, Lore und ich werden nach Frankfurt fahren.

Und was ist mit Susi und Johnny?

Rico sah ihn an.

Langsam, langsam. Lasst mich bitte mal ausreden, dann könnt ihr eure Fragen immer noch stellen.

Also wir drei fahren nach Frankfurt und gehen in das Golf-Hotel. Dort verlangen wir die Zimmerschlüssel, deren Nummer ich euch noch nenne. Dann gehen wir auf das Zimmer, nehmen die Wertsachen mit und verschwinden wieder. Vorher verändern wir aber noch unser Aussehen. Ich habe ein paar Perücken, Schnurrbärte und sonstigen Kram vom Professor bekommen, wie ich ihn nenne. Einen Namen wollte er mir nicht mitteilen.

Das ganze Zeug, das wir dabei erbeuten, werden wir einem gewissen Linus übergeben. Johnny und Susi sind das nächste Mal dran.

Und jetzt werden wir ein bisschen üben, damit wir das mit unserer Verkleidung perfekt beherrschen. Kleider werden wir aus dem Kleiderschrank in den Zimmern nehmen und unsere Kleider in einer Tasche mitnehmen. Damit ist dann unsere Tarnung perfekt. Niemand wird uns etwas nachweisen können.

Johnny war zufrieden. Alles hatte zu seiner Zufriedenheit geklappt. Er hatte die anderen auf Kurs gebracht und mit seinem Pseudonym Valentin Stief konnte er schönes Geld verdienen.

Wann geht's denn los?, fragte Lore.

Morgen früh um sechs fahren wir los.

Was, um sechs schon? Die Leute verlassen um 7.30 Uhr das Hotel. Dann können wir gleich loslegen und sind spätestens gegen Mittag wieder hier.

Warum müssen wir ausgerechnet nach Frankfurt fahren? Das könnten wir doch leichter hier haben, sagte Susi.

Weil der Professor meint, dass es besser wäre, wenn wir unser Umfeld sauber halten würden. Dem Kommissar Zufall soll man nicht noch helfen. Jedes Risiko ausschließen hat er gesagt. Da muss ich ihm recht geben. Meint ihr das nicht auch?

Wenn ihr eure Verkleidung probt, dann muss ich ja nicht dabei sein, sagte Johnny. Ich werde jetzt gehen.

Wann treffen wir uns morgen wieder?

So wie heute. Zwei Uhr ist 'ne gute Zeit.

Okay, dann mal tschüss und alles Gute.

Warte, ich geh mit, sagte Susi. Ich werde hier ja auch nicht gebraucht und Einkaufen muss ich auch noch.

Johnny verließ mit ihr das Haus. Sie gingen zu der Straßenbahnhaltestelle.

Kann ich dich um etwas bitten?, sagte Susi zu ihm.

Natürlich. Wie kann ich dir helfen?

Es geht um Rico. Mir ist das alles ein bisschen peinlich. Könntest du morgen früh bei mir vorbeikommen, dann könnten wir ungestört reden.

Aha, daher wehte der Wind. Susi wollte mit ihm schlafen. Sie verlor keine Zeit und nützte sofort die Gelegenheit, wie sie es Lore im Café gesagt hatte.

Wenn es unbedingt sein muss. Aber wäre es nicht

besser, wenn du deine Probleme mit Rico selber besprechen würdest?
Das habe ich schon versucht, aber er blockt immer alles ab.
Also gut, um wie viel Uhr soll ich bei dir sein?
Wäre dir neun Uhr recht?
Passt mir. Also dann bis morgen.
Er verabschiedete sich von ihr.

Am nächsten Morgen stand Johnny pünktlich vor Susis Tür und klingelte. Er hatte heute Morgen besondere Sorgfalt auf seine Körperhygiene gelegt. Hatte ausgiebig geduscht. Danach hatte er sich rasiert und seine Zähne geputzt. Danach war er zu seinem Kleiderschrank gegangen, hatte die beiden Türen weit aufgemacht und seine Sachen betrachtet. Was ziehe ich mir nur an. Plötzlich war ihm keines seiner Kleider mehr gut genug.

Als er geschlagene zehn Minuten davorgestanden hatte und immer noch nicht wusste, was er anziehen sollte, nahm er einfach seine roten Jeans und ein weißes Hemd heraus. Das reicht. Sonst kommt Susi noch auf den Gedanken, ich wäre scharf auf sie, weil ich mich so herausgeputzt habe, hatte er gedacht.

Er wurde in seinen Überlegungen unterbrochen, als die Tür aufging und er Susi vor sich sah.

Hallo, sagte sie mit einem Lächeln. Pünktlich wie

die Maurer. Komm doch rein. Dabei trat sie zur Seite, um ihm Platz zu machen.
Mit klopfendem Herzen trat er ein und befand sich im Flur. Mann, die sieht aber scharf aus. Wie die sich rausgeputzt hat. Ihm war auch das Glitzern in ihren Augen nicht entgangen. Die ist scharf wie Nachbars Lumpi.
Immer geradeaus in das Wohnzimmer.
Er betrat das Wohnzimmer und blieb überrascht stehen. Susi hatte den Couchtisch mit Kaffee und Kuchen gedeckt.
Sie hatte seinen überraschten Blick bemerkt.
Da lässt sich besser reden, findest du nicht auch?
Er nickte ihr zu.
Setz dich doch bitte.
Er nahm auf einem Sessel Platz, der schmal war und keine Armlehnen hatte.
Darf ich dir einschenken?
Ja bitte.
Susi stand seitlich neben ihm. Sie beugte sich etwas vor und nahm die Kaffeekanne in die Hand, um ihm einzuschenken. Plötzlich drehte sie ihren Kopf zu ihm und schaute ihm direkt in die Augen.
Sie war sich ihres Zaubers voll bewusst, den sie auf die Männer ausübte, und setzte diesen schamlos ein. Er schaute wieder in die rehbraunen Augen, die einen voll in ihren Bann zogen, und man

rettungslos verloren war, wenn man in sie hineinschaute.

Sie stellte die Kaffeekanne wieder auf den Tisch zurück.

Danach setzte sich ihm einfach auf den Schoß. Ihre Beine hatte sie dabei fest um den Sessel geklemmt.

Was ...? Ehe er noch mehr sagen konnte, presste sie ihren Mund auf den seinen und ihre Zunge nahm den Kampf mit seiner auf.

Nach einer kleinen Ewigkeit hörte sie auf ihn zu küssen und sah ihn dabei voll in die Augen. Du hast mir gleich gefallen, als ich dich sah.

Und dieser Überfall gehört wohl dazu, oder?

Ja. Stört es dich?

Nun ja, ich hätte es schon gerne, wenn ich mitbestimmen könnte.

Ich lass dich ja mitbestimmen. Du darfst mich mit deinen Händen überall anfassen. Nur zu, trau dich.

Er hatte sich einen Plan zurechtgelegt, wie er sich verhalten sollte. Er war zu dem Schluss gekommen, dass der Schüchterne bei den Weibern am besten ankommt. Dann können sie die Initiative ergreifen und alles ergibt sich dann von selbst.

Genauso schien es auch zu laufen.

Er legte seine Hände an ihren Po und drückte leicht ihre Backen. Sie hatte einen kurzen Rock angezogen, der aus einem leichten Stoff war. Sie beugte sich ein wenig vor und ihr Busen befand sich vor seinem Gesicht. Ja, so ist es gut, stöhnte sie. Sein Kopf befand sich jetzt ganz zwischen ihren Brüsten. Plötzlich stand sie auf und zog ihn, ohne ein Wort zu sagen, in das Schlafzimmer.

Oh Mann, die verliert aber wirklich keine Zeit.

Zieh dich aus, sagte sie mit heiserer Stimme. Dabei half sie ihm und innerhalb kurzer Zeit stand er nackt vor ihr.

Schnell hatte auch sie sich ausgezogen.

Mann, das ging bei dir aber schnell. Das sind wohl deine Überfallklamotten. Noch nicht mal die Nahkampfsocken hast du dir angezogen.

Bei seinen Worten hatte sie nur schamlos gegrinst und sich mit ihrer Zunge über ihre Lippen geleckt. Sie war eine Augenweide. Eine Frau stand vor ihm, wie man sie sich in seinen kühnsten Träumen vorstellte. Und sie gehörte ihm. Ihm ganz allein.

Sie kam auf ihn zu und drängte ihn zurück und er saß dieses Mal auf einem Stuhl. Sein Larry befand sich schon in voller Gefechtsgröße und schaute sich neugierig um.

Susi verlor keine Zeit. Sie fing seinen Larry ein und bestieg ihn. Langsam fing sie an ihn zu reiten. Erst langsam, dann immer schneller. Dabei schaute sie ihm in die Augen. Du willst das doch auch, flüsterte sie mit heiserer Stimme. Das habe ich gleich gemerkt, als du vor der Tür standest. Du bist genauso scharf auf mich wie ich auf dich.

Rede nicht so viel und mach endlich, keuchte er. Er war jetzt so heiß wie ein Apache auf dem Kriegspfad.

Das ließ sie sich nicht zweimal sagen. Sie legte los, als wenn sie noch die letzte Straßenbahn erreichen müsste. Auch er war nicht untätig. Seine Hände und sein Mund waren überall. Er erkundete jede Stelle, die ihm aufgrund seiner Position möglich war. Plötzlich merkte er, wie ihr Körper sich verkrampfte und sie sich an ihm festhielt. Sie hatte einen Orgasmus bekommen. Fast gleichzeitig mit ihr kam es auch ihm. Fest umschlungen genossen sie den gemeinsamen Höhepunkt. Als er abebbte, küsste sie ihn lang und inniglich.

Das war schön, sagte sie anschließend.

Das war der Ritt nach Laramy, sagte er, ganz außer Atem.

Meine Lucy ist fürs Erste zufrieden, hat aber noch nicht genug. So etwas habe ich mit Rico nicht gehabt. Bei ihm habe ich, seit wir zusammen sind, nur zweimal einen Orgasmus gehabt. Und mit dir geschah es gleich beim ersten Mal.

Wer ist Lucy?, fragte er, obwohl er es sich denken konnte.

Das weißt du ganz genau, entgegnete sie ihm.

Hast du deinem Schniedelwutz nicht auch einen Namen gegeben?

Larry.

Lucy und Larry murmelte sie. Ich finde, sie passen gut zusammen. Hat es dir auch gefallen?

Ja, sagte Johnny. Ich finde es toll, wenn man sich vorher auf Touren bringt. Mit streicheln und so. Eine schnelle Nummer ist nichts für mich. Das ist was für Hasenrammler oder Schnellsohler.

Dann haben wir etwas gemeinsam, sagte sie und küsste ihn wieder. Komm, lass uns ins Bett gehen. Ich will auch mal deinen Körper erforschen.

Beide vergnügten sich weiter. Danach duschten sie und tranken gemütlich Kaffee und aßen den Kuchen dazu.

Da schmeckt das Ganze doppelt so gut, sagte sie und lächelte ihm zu.

Johnny konnte nur nicken, da er mit vollen Backen kaute. Er war glücklich. Das Leben fing an ihm Spaß zu machen. Er hatte mit Lore und Susi zwei scharfe Weiber, auf die er zugreifen konnte, wenn ihm danach war. Allerdings musste er dabei größte Vorsicht walten lassen, damit Karl und Rico nichts mitbekamen. Wie schnell ich doch meine Meinung geändert habe, dachte er. Ich wollte, dass das Ganze nur eine einmalige Sache zwischen den Mädels und mir ist. Aber ich wäre dämlich, wenn ich solch ein Angebot nicht ausnutzen würde und bei mir danach der sexuelle Notstand ausbrechen würde.

Karl, Rico und Lore waren schon um sieben Uhr nach Frankfurt unterwegs. Sie waren schon um fünf Uhr aufgestanden und hatten größte Sorgfalt auf ihre Verkleidung gelegt. Karl war ein gediegener älterer Herr. Rico einer von den jungen Emporkömmlingen und Lore eine etwas in die Jahre gekommene Frau, die ein wenig zu viel Rouge aufgelegt hatte. Ihren Typ hatten sie genau den Angaben, die ihnen der Professor hatte zukommen lassen, nachempfunden. Die Leute, in deren Zimmer ihr geht, sehen genauso aus. Also bitte äußerste Präzision. Jeder hatte für seine Person Hinweise bekommen, die er auswendig lernen musste.

Wie heißt das Hotel noch mal, in das wir gehen sollen?, fragte sie.

Es ist das Golf-Hotel in der Stadtmitte.

Okay, sagte Karl. Ihr wisst, was ihr zu tun habt. Jeder, der seine Aktion beendet hat, fährt mit dem Aufzug in den Keller und legt seine Sachen in den Kofferraum des Mercedes.

Dann steigt hier Rico aus und dich, Lore, lasse ich an der nächsten Kreuzung aussteigen. Ich denke, in einer Stunde ist die ganze Aktion vorbei.

Karl hielt an und Rico stieg aus. An der nächsten Kreuzung ließ er Lore aussteigen. Nach 100 Metern

fuhr er in das Parkhaus des Golf-Hotels. Er hatte Glück und fand einen Parkplatz auf der ersten Kelleretage gleich neben dem Ausgang.
Er stieg aus und ging in den Fahrstuhl. Da im Erdgeschoss Ladengeschäfte waren, musste er in den ersten Stock fahren. Dort angekommen stieg er aus und ging zur Rezeption.
Auf dem Weg dorthin bemerkte er, dass Rico in einem Sessel saß. Anscheinend war die Zeit noch nicht reif, dass er den Zimmerschlüssel verlangte. Lore nahm gerade ihren Zimmerschlüssel entgegen. Als sie sich entfernte, sah der Portier ihn an.
Zimmer 234, sagte er und streckte seine Hand danach aus. Der Portier gab ihm, ohne zu zögern, den gewünschten Zimmerschlüssel. Karl ging auf den Fahrstuhl zu und stand neben Lore.
Da Lore schon den Fahrstuhl geholt hatte, stiegen beide ein. Sie hatte während der Fahrt vereinbart kein Wort zu wechseln. Nur im äußersten Notfall.
Der Fahrstuhl hielt und Karl stieg aus. Lore fuhr noch zwei Etagen höher.
Er hielt sich nach rechts und war nach zehn Metern bei seinem Zimmer angekommen. Schnell schloss er die Tür auf und machte sie leise zu. Die Tür zum Bad war geöffnet. Er vergewisserte sich mit einem schnellen Blick, dass sich im Bad niemand befand. Ein prüfender Blick im Zimmer zeigte ihm, dass auch hier alles klar war. Schnell

ging er daran, die Schubladen und Schränke zu durchsuchen.

Seine Ausbeute war nicht schlecht.

Ein Handy, Laptop, Armbanduhr und 500 Euro Bargeld.

Er ging zum Schrank und zog einen Mantel an und nahm den leeren Aktenkoffer, der sich darin befand, und verstaute alles im Koffer. Als er das Zimmer verließ, wischte er die Türklinke ab, weil er darauf seine Fingerabdrücke hinterlassen hatte, bevor er sich die Handschuhe übergestreift hatte, als er das Zimmer betrat. Dasselbe machte er mit dem Zimmerschlüssel und legte ihn auf den Tisch.

Währenddessen war auch Lore in ihrem Zimmer.

Sie hatte unverschämtes Glück. Gleich nachdem sie sich vergewissert hatte, dass ihr Zimmer leer war, hatte sie die angelehnte Tresortüre im Schrank bemerkt. Schnell öffnete sie sie und hielt einen Moment inne. Hörbar atmete sie die Luft aus. Sie gab aber keinen Ton von sich, wie sie es vereinbart hatte. Der Grund ihrer Überraschung war, dass sich im Tresor zwei Bündel mit Geldscheinen befanden. Außerdem eine Damenuhr, die ziemlich teuer aussah.

Zwei Halsketten, einen Armreif und drei Ringe. Schnell verstaute sie alles in ihrer Tasche und zog den beigen Mantel an und setzte sich einen dazu passenden Hut auf.

Sie schloss die Tresortüre und bewegte das Zahlenschloss. Die Tür war zu.

Schnell verließ sie das Zimmer.

Sie ging zu dem Fahrstuhl und fuhr mit ihm in den Keller. Als sie auf ihr Auto zuging, sah sie, dass Karl und Rico schon darin saßen. Sie stieg ein und Karl fuhr los. An der Ausfahrt steckte er die Münze in den Einwurfschlitz und die Schranke ging hoch. Er fuhr aus dem Parkhaus und ordnete sich in den Verkehr ein.

Jetzt war die ganze Anspannung vorbei. Erleichtert atmeten sie auf.

Bei mir hat's geklappt, sagte Karl. Handy, Laptop, Armbanduhr und 500 Euro.

Ich habe, sagte Lore, Damenuhr, zwei Halsketten, Armreif, drei Ringe und zwei Bündel Geldscheine. Müssten so an die 10.000 Euro sein.

Das ist ja klasse, sagte Karl.

Wie ist es bei dir gelaufen, Rico?

Leider nicht gut. Als ich in das Hotel kam, war der Typ noch da und an der Rezeption schien man ihn auch gut zu kennen. Da habe ich das Ganze abgeblasen.

Da hast du recht gehabt, sagte Lore. Kein unnötiges Risiko hat uns der Professor gesagt. Und nicht zu gierig sein.

Wie geht es jetzt weiter?, fragte Rico.
In zehn Minuten sind wir bei Sixt. Dort mietest du einen BMW und folgst mir. An der nächsten Raststätte lassen wir den Mercedes stehen und fahren mit dir weiter. Fangt schon mal vorsichtshalber an mit den Tüchern alles abzuwischen, damit keine Fingerabdrücke von uns zurückbleiben. Die Fußmatte werfen wir zuhause in eine Mülltonne. Natürlich nicht in unsere, sondern in eine fremde Mülltonne. Alles klar?

Genauso geschah es.

Anschließend gab Rico bei einer Zweigstelle den BMW ab und sie fuhren mit der S-Bahn nach Hause. Gegen zwölf Uhr waren sie dort angelangt und feierten ihren Erfolg mit einer Flasche Sekt.

Das wäre geschafft, sagte Karl.

Als sie wenig später ausgetrunken hatten, fingen sie an die ganzen Gegenstände, die sie erbeutet hatten, penibel zu säubern.

Am besten wäre es, wenn wir alles fotografieren würden, damit wir einen Nachweis hätten, sagte Rico.

Bist du bescheuert?, entgegnete ihm Lore. Damit könnte uns etwas nachgewiesen werden, wenn eine plötzliche Hausdurchsuchung durch die Bullen erfolgen würde. Wir schauen auch nicht in den Laptop rein. Wir machen nur solche Dinge, von denen wir auch etwas verstehen. Das hat uns auch

der Professor ganz klar zu verstehen gegeben. Hast du das nicht geschnallt, Rico?
Ist ja schon gut. War ja nur so 'ne Frage.
Erspar uns in Zukunft solche dämliche Fragen.
Karl packte die erbeuteten Sachen in eine Plastiktasche. So fällt man am wenigsten auf. Wenn ich die Sachen zu diesem Linus bringe, dann wird man nicht vermuten, was sich in der Tasche befindet.
Zählt mal nach, wie viel Bargeld wir erbeutet haben.
Rico und Lore schnappten sich ein Bündel der Geldscheine und fingen an zu zählen.
Bei mir sind es 5.250 Euro sagte sie.
Und bei mir 4.920.
Macht mit den 500 von Karl 10.670 plus dem, was uns das Zeug in der Tasche einbringt, sagte Karl.
Ich geh jetzt zu Linus und werfe das Geld in den Tresor, der von der Straße aus zugänglich ist. Da ihr das Geld mit den Handschuhen gezählt habt, brauchen wir somit nur die Geldbombe abzuwischen. Sicher ist sicher.
Ich geh dann, sagte Karl wenig später.
Mir wäre lieber, wenn wir unseren Anteil jetzt schon einbehalten hätten, maulte Rico.
Da platzte Karl der Kragen. Er packte ihn an der Jacke und stieß ihn dabei an die Wand. Er sah ihm dabei direkt in die Augen.

Ich sage es zum letzten Mal. Wir halten uns an den Plan. Es wird keinen Millimeter davon abgewichen. Durch solche Kleinigkeiten sind schon viele aufgeflogen. Geht das in deine vertrocknete Dattel hinein? Dabei klopfte er Rico mit der Faust an den Kopf.

Aua, das tut weh. Ist ja schon gut. Ich sage nichts mehr und halte mich an den verdammten Plan.

Hoffentlich, sonst bist du draußen. Mach keine Dummheiten, während ich weg bin.

Grußlos verließ Karl mit der Tasche und der Geldbombe seine Wohnung.

Johnny tanzt den Bolero

Drei Tage waren vergangen, als Karl wieder Nachricht von dem Professor bekam. Es war am Mittwoch. Morgens um halb elf hatte er die Klappe des Briefkastens gehört und war sofort nach draußen gegangen, um ihn zu öffnen. Es lag ein dicker Brief darin.

Aufgeregt nahm er ihn an sich und schloss den Briefkasten und ging in das Haus zurück.

Er rief Rico und Johnny an.

Er hat sich gemeldet. Seid in einer halben Stunde bei uns. Ohne auf eine Antwort zu warten, legte er auf. Wusste er doch, dass Johnny und Rico mit Susi innerhalb der nächsten 20 Minuten bei ihm auf der Matte stehen würden.

Genauso war es auch. Kurz nacheinander trafen sie bei ihm ein.

Ohne Umschweife fing er an. Diesen Brief habe ich vorhin mit der Post bekommen. Dabei hob er ihn hoch, damit alle sehen konnten, dass er noch ungeöffnet war. Das hatten sie so vereinbart.

Er öffnete den Brief und heraus fielen sechs Umschläge. Auf fünf Briefen standen ihre Namen darauf.

Auf dem sechsten stand: Neuer Auftrag.

Jeder nahm sich seinen Umschlag und riss ihn

auf, begierig darauf zu erfahren wie hoch ihr Anteil war.

2.000. Da habe ich aber schon ein bisschen mehr erwartet, sagte Lore enttäuscht.

Mach mal den anderen Umschlag mit dem neuen Auftrag auf.

Karl öffnete ihn und nahm den Brief, der darin lag, und fing laut an zu lesen.

Hallo Leute,
ich kann mir vorstellen, dass ihr vielleicht ein wenig enttäuscht seid. Die Hehlerware wird, wenn man Glück hat, zu 30 Prozent bewertet. Der Schmuck erbrachte so nur einen Erlös von 3.000 Euro. Zusammen mit dem Bargeld ergibt das insgesamt 13.670 Euro. Da es das erste Mal war, habe ich euch mehr gegeben, als euch zustand. Meinen Anteil werde ich für unsere neuen Projekte investieren.

Johnny beobachtete die anderen genau. Die ganze Sache hatte ihm insgesamt 20.000 Euro eingebracht. Natürlich hatte er mit der Hehlerware mehr eingenommen, als er es in dem Brief beschrieben hatte. Das brauchten die anderen aber nicht zu wissen. Mit einem bisschen Glück konnte er sich in zwei, drei Jahren zur Ruhe setzen. Er brauchte nicht viel zum Leben, weil er keine allzu großen Ansprüche hatte.

Bevor alle etwas dazu sagen konnten, sagte Johnny etwas, das sie zum Nachdenken brachte. Leute, ich bin mit dem zufrieden, was ich bekommen habe. Der Professor hat die ganzen Ausgaben und muss alles ausbaldowern, was ich mir nicht zutrauen würde. Und er bringt uns bei, wie wir die Aktion ohne Risiko und mit äußerster Sicherheit durchziehen können. Normalerweise hätten wir gar nichts. Wir müssen jetzt nur noch vorsichtig sein und dürfen mit der Kohle nicht so rumprotzen. Oder denkt ihr anders darüber?
Es herrschte Stille.
Er hat recht, sagte Susi. Wenn wir uns nach dem Plan halten und nicht zu gierig sind, dann wird es uns gut gehen. Sie sah ihn dabei an und zwinkerte ihm, von den anderen unbemerkt, mit dem linken Auge zu.
Genau so ist es. Karl sah alle an. Wir waren uns alle darüber einig, dass das Ganze so und nicht anders ablaufen würde. Lasst mich den Brief zu Ende lesen.

Den nächsten Auftrag wird Johnny übernehmen. Er ist dafür am besten geeignet. Ich werde ihm in den nächsten Tagen die Informationen zukommen lassen, die er für seinen Auftrag braucht.
Und noch etwas. In Zukunft werden die Personen, die an der jeweiligen Aktion nicht daran beteiligt sind,

von den anderen nicht eingeweiht. Je weniger sie davon wissen, umso besser.
Das war gute Arbeit.
Ich muss euch loben.

Also dann, du weißt, was du zu tun hast. Karl hatte ihn dabei angesehen. Alles klar?
Johnny nickte mit dem Kopf.
Ich denke, wir sollten unseren Erfolg ein wenig feiern. Wie wäre es mit einem Essen? Dazu fahren wir am besten aus der Stadt raus. Ich kenne da ein gutes Lokal, das an einem See liegt.
Seid ihr damit einverstanden?
Und ob wir damit einverstanden sind.

Johnny war zuhause. Er lag in seinem Bett. Er schaute auf die Uhr an der Wand. Es war halb zehn abends. In einer halben Stunde würde er seine Aktion durchziehen. Diese Möglichkeit hatte sich ihm durch Zufall aufgetan.
Er war in einem Geschäft für Unterwäsche gewesen, wo er sich ein paar Unterhosen besorgen wollte. Wenn er bei der Damenwelt so großen Erfolg hatte, dann wollte er auch, dass sein Larry gut angezogen war. Er fand, dass die Frauen in dieser Hinsicht wirklich extrem benachteiligt waren. Sie putzten sich fein raus, zogen heiße Unterwäsche an, um dem Mann ihrer Träume gerecht zu werden.

Und was machte der Mann? Er benutzte unästhetische weiße Unterhosen, die jedem Großvater alle Ehre machen würden. Richtige Liebestöter. Er fand, dass auch die Frauen ein Anrecht darauf haben, dass der Mann ihrer Begierde erotisch aussieht und sein bestes Stück eine schöne Verpackung hat. Egal wie alt er ist. Und die Unterwäsche leistet einen nicht unerheblichen Beitrag, damit die Frau der Begierde wohlgesinnt ist. Aber bei den meisten Männern scheiterte es wohl auch an ihrer Figur, dass ihnen tolle Slips nicht passten.

Als er in der Boutique gewesen war und sich ein paar Slips angesehen hatte, bemerkte er, dass er gemustert wurde. Er schaute nach links und sah, dass es eine Frau war.

Sie war so groß wie er. Etwas vollschlank, aber nicht dick. Sie hatte schwarze, schulterlange Haare. Sie trug ein blaues Kostüm, das ihre Figur vorteilhaft zu Geltung brachte. Sie muss eine feine Dame sein. Das war ihm auf den ersten Blick aufgefallen. Sie sah ihn mit ihren braunen, katzenhaften Augen spöttisch an.

Soll ich Ihnen helfen?

Ich, na ja, das wäre vielleicht nicht schlecht. Frauen wissen meistens besser, was ein Mann unter der Hose tragen sollte. Dabei hatte er sie frech angegrinst, weil ihm soeben die Doppeldeutigkeit seiner Frage in den Sinn gekommen war.

Dann sehen wir mal, was wir für sie tun können. Sie kam zu ihm und er wurde sofort von einer Duftwolke eingehüllt.
Das ist aber ein tolles Parfüm, gnädige Frau. Das macht jeden Mann schwach. Verraten Sie mir den Namen?
Das werde ich nicht tun. Eine Frau braucht immer ihre kleinen Geheimnisse, um für die Männer interessant zu sein.
Dann hoffe ich, gnädige Frau, dass ich in Ihren Augen zu den interessanten Männern gehöre, sagte er einschmeichelnd.
Amüsiert lachte sie daraufhin, ging aber nicht weiter darauf ein.
Jetzt wollen wir mal sehen, was wir da alles haben. Wie viele wollen Sie kaufen?
Ich habe an fünf Stück gedacht.
Sie sah ihn nochmals abschätzend an und suchte dann zielsicher für ihn fünf Slips aus.
Das, was sie ihm ausgesucht hatte, waren echte Knaller. Die Slips hatten zarte Pastellfarben.
Die passen zu Ihnen, sagte sie und drückte sie ihm in die Hand.
Sind das nicht Frauenfarben?
Wo denken Sie hin?
An welche Farben hatten Sie denn gedacht?
An etwas kräftigere Farben.
Machen Sie sich mal keine Sorgen. Wir Frauen

lieben zarte Pastellfarben. Da wird sich Ihre Freundin aber mächtig freuen.

Ich habe keine Freundin, sagte er.

Er glaubte in ihren Augen ein beginnendes Interesse zu sehen. Zu seiner Enttäuschung drehte sie sich aber um und ging mit ihrem Kleid, das sie sich herausgesucht und über ihren Arm gelegt hatte, als sie zu ihm kam, zur Kasse, um zu bezahlen.

Er folgte ihr und stand auch gleich seitlich hinter ihr.

Sie haben sich ein tolles Kleid ausgesucht, gnädige Frau. Für die heißen Sommertage ist es angenehm zu tragen, weil es leicht ist und angenehm kühlt, sagte die Verkäuferin.

Können Sie es mir liefern?

Ja, selbstverständlich. Dazu benötige ich aber noch Ihre Adresse.

Dolores Berger, Parkstraße 55. Das ist im Stadtteil Seedorf.

Wird gemacht, Frau Berger. Wann soll ich es Ihnen liefern?

Ab 17.00 Uhr bin ich zu Hause.

Wird gemacht, Frau Berger, vielen Dank. Hier Ihre Kreditkarte.

Auch ich möchte mich bei Ihnen bedanken, gnädige Frau, sagte Johnny artig. Ohne Sie würde ich wahrscheinlich immer noch auf der Suche sein.

Auf Wiedersehen, sagte sie und wieder war ein spöttisches Lächeln auf ihren Lippen.
Was war denn das?, dachte er. Sie hat mich doch eben angebaggert. Ihre Adresse hat sie nur angegeben, damit ich sie mal besuchen komme. Ich werde kommen, aber anders als du es dir vorgestellt hast.
So, das macht genau 125 Euro, sagte die Verkäuferin. Er bezahlte und als er das Wechselgeld entgegennahm, sah er ebenfalls ein Lächeln der Verkäuferin. Jetzt war er wieder leicht irritiert.
Darf ich fragen, was für Sie so amüsant ist, weil sie lächeln.
Ach wissen Sie. Endlich mal ein Mann mit Klasse. Sie haben sich wirklich ganz tolle Unterwäsche gekauft, die jede Frau verrückt macht. Und Sie waren sich nicht zu fein die Hilfe einer Frau anzunehmen. Wissen wir doch am besten, wie ihr gut verpackt eine tolle Figur macht. Ein gut verpacktes Geschenk packt man doch viel lieber aus. Oder?
Da haben Sie recht, hatte er gesagt und das Geschäft verlassen.
Als er auf der Straße stand, sah er, dass die Frau, die ihm soeben geholfen hatte, in ihrem offenen Mercedes davonfuhr.
Das hast du wohl auch mit Absicht gemacht, erst dann wegzufahren, wenn ich das Geschäft verlasse.

Sie winkte ihm zu und ihm blieb gar nichts anderes übrig als zurückzuwinken.
Die Frau interessierte ihn auch. Sie war genau seine Kragenweite. Genauso groß wie er. Sah gut aus und hatte Kohle. Er bedauerte es, dass er bei ihr einen Bruch machen musste.
Ich werde zum Ausklang eine Tasse Kaffee im Rendezvous trinken.
Das Kaffeehaus hatte er bemerkt, als er auf dem Weg zur Boutique war. Er betrat es und setzte sich an einen kleinen Tisch am Fenster. Von hier aus konnte er den Raum gut überblicken und hatte auch einen tollen Blick auf die Straße.
Was darf ich Ihnen bringen?
Er wandte den Blick von der Straße und sah die Verkäuferin an. Sie war ein Mädchen von ungefähr 20 Jahren. Braune Haare, 1,80 groß und eine schlanke Figur.
Bringen Sie mir einen Cappuccino, bitte.
Er bemerkte, wie ihr Blick auf seine Einkaufstasche fiel.
Haben Sie was Interessantes eingekauft?
Das habe ich, entgegnete er.
Man trifft nicht viele Männer, die einen guten Geschmack haben und bereit sind etwas mehr für ihre Unterwäsche auszugeben. Die meisten haben nur so 'ne Nullachtfünfzehn-Unterwäsche an.

Woher wollen Sie wissen, dass ich mir Unterwäsche gekauft habe?
Das sieht man auf den ersten Blick. Einer Frau fällt so etwas sofort auf. Und das Maybee's ist bekannt für seine Damen- und Herrenunterwäsche.
Na, wenn Sie das sagen.
Sie lächelte und entfernte sich.
Da scheine ich ja bei der Damenwelt ziemlich gepunktet zu haben, dachte er.
Es verging keine Minute und er hatte seinen Cappuccino vor sich auf dem Tisch stehen.
Er trank einen Schluck und sah aus dem Fenster. Plötzlich erregte etwas seine Aufmerksamkeit. Auf der anderen Straßenseite hatte ein BMW angehalten. Er sah, wie zwei Männer ausstiegen und in das Juweliergeschäft gingen. Der Fahrer blieb bei laufendem Motor hinter dem Steuer sitzen. Das kam ihm doch etwas seltsam vor.
Johnny nahm sein Handy aus der Tasche. Wenn die zwei Männer aus dem Geschäft kommen, werde ich sie vorsichtshalber filmen.
Er nahm die Getränkekarte und schlug sie auf, um sein Handy zu tarnen. Er hielt es auf die gegenüberliegende Seite. Wenn ihr aus dem Geschäft kommt, habe ich euch gleich im Visier. Es war noch keine Minute vergangen, als er die zwei Männer aus dem Geschäft kommen sah. Sie schienen es ziemlich eilig zu haben. Sofort nahm er sie

mit dem Handy auf. Sie stiegen ein und der Fahrer fuhr sofort los.
Kurz danach rannte ein Mann aus dem Geschäft. Überfall, Überfall. Ich bin überfallen worden. Alles ist weg. Hilfe, Polizei.
Schnell ließ Johnny sein Handy in der Jackentasche verschwinden. Er legte drei Euro auf den Tisch und verließ das Kaffeehaus.
Das würde mir gerade noch fehlen, dass er als Zeuge von der Polizei verhört werden würde und bei denen bekannt werden würde.
Johnny unterbrach seine Gedanken und blickte auf die Uhr. Er ging in das Bad, zog sich aus und nahm eine ausgiebige Dusche. Er putzte sich die Zähne. Das reicht. Ich will ja nicht zu einem Rendezvous gehen. Für das, was ich vorhabe, kann mein Deostift oder mein Aftershave nur verräterisch sein.
Er ging in sein Schlafzimmer und machte die Schranktüren auf. Ich muss meine Kleider mit Bedacht wählen. Er entschied sich, dass seine ganzen Kleider schwarz sein sollten.
Als er vor dem Spiegel stand, konnte er sich ein leichtes Grinsen nicht verkneifen.
Men in Black.
Jetzt noch meine schwarze Jacke und dann kann es losgehen.
Er verließ das Haus und stieg in sein Auto. Etwa

20 Minuten später stand er vor dem Haus in der Parkstraße 55 in Seedorf. Er zog sich eine schwarze Wollmütze über. Durch die beiden Sehschlitze, die er sich reingeschnitten hatte, konnte er genug sehen. Die Mauer war etwa zwei Meter hoch. Selbst für seine Größe von 1,70 Meter war sie kein Problem. Er suchte sich einen Stein in der Mauer, der ein wenig hervorstand. Er setzte seinen linken Fuß darauf und stieß sich mit dem anderen Fuß ab. Schnell zog er sich hoch und stand geduckt auf der Mauer. Er sprang in den Garten. Er verharrte einen kleinen Moment, horchte, ob sein Eindringen bemerkt worden war. Nichts, absolut nichts geschah. Eine Alarmanlage im Außenbereich des Hauses schien es nicht zu geben. Geduckt schlich er weiter. Dabei nutzte er die Bäume und Büsche, die sich ihm boten, als willkommene Deckung aus. Nach fünf Minuten stand er vor dem Hintereingang. Er langte in seine linke Hosentasche und holte sein Schlüsselset heraus, das ihm vor ungefähr einem Jahr von Schlüssel-Ede gegeben wurde, der sich zur Ruhe gesetzt hatte. Von ihm hatte er auch die Fähigkeit erlernt, schnell und ohne großen Schaden anzurichten, in Häuser einzubrechen. Bis auf ein einziges Mal hatte er es noch nie benutzt.

Das Schloss war kein Problem für ihn. Leise öffnete er die Tür. Er verharrte einen Moment, ob jetzt vielleicht die Alarmanlage angehen würde. Wieder blieb es ruhig. Das verwunderte ihn doch sehr. Das war aber sehr leichtsinnig von dir, Dolores, dachte er. Er öffnete die Tür nur so weit, dass er hindurchschlüpfen konnte. Leise schloss er sie hinter sich. Es war stockdunkel. Er wartete einen Moment, bis sich seine Augen der Dunkelheit angepasst hatten, und konnte dann schemenhafte Umrisse erkennen.

Soweit er erkennen konnte, befand er sich in einem Lagerraum für ausgediente Möbelstücke.

Langsam bewegte er sich auf die Tür zu, die nur angelehnt war und einen schmalen Lichtspalt von sich gab. Als er davorstand, öffnete er sie ein wenig und sah die Kellertreppe vor sich. Leise ging er nach oben und befand sich danach im Eingangsbereich der Villa. Er verharrte einen Moment und wieder konnte er keine verdächtigen Geräusche hören. Sollte ich Glück haben, dass du heute Abend außer Haus bist? Das wäre äußerst hilfreich. Deinen Schmuck wirst du in deinem Schlafzimmer versteckt haben. Er sah im schwachen Mondlicht, das durch das Seitenfenster der Eingangstüre hereinschien, dass er eine Holztreppe vor sich hatte. Da muss ich besonders aufpassen, dass ich keine Geräusche verursache. Vorsichtig setzte er seine Füße eng am Geländer auf. Da sind die Stufen nicht so ausgetreten, hatte ihm Schlüssel-Ede einmal erklärt.

Als er oben angekommen war musste er sich entscheiden. Rechts oder Links?

Er entschied sich für links. Leise schlich er die restlichen fünf Meter bis zur nächsten Tür.

Ist das dein Schlafzimmer?

Behutsam öffnete er die Tür. Sie war nicht verschlossen. Wozu auch, dachte er. Schnell ging er hinein und schloss sie leise hinter sich. Da habe ich aber Glück gehabt. Ich befinde mich direkt im Schlafzimmer. Er konnte gut sehen, da die Rollläden nicht ganz heruntergelassen waren. Ich werde bei den Bildern anfangen. Er bewegte sich auf das Bild, das gleich links an der Wand hing, zu. Als er davorstand, holte er seine kleine Taschenlampe heraus. Er hob das Bild ein klein wenig an und richtete den Strahl der Taschenlampe zwischen Bild und Wand.

Plötzlich ging das Licht an. Erschreckt drehte er sich um und sah Dolores Berger auf einem Sessel sitzen. Sie hatte ein Glas Sekt in der Hand und prostete ihm zu. Gratuliere, mein Lieber. Du bist pünktlich, sagte sie und nahm einen Schluck aus dem Glas. Um diese Zeit habe ich dich erwartet.

Rufus, Platz.

Erst jetzt bemerkte er den Dobermann. Groß und bedrohlich stand er neben seiner Herrin.

Ich, ich ..., stotterte Johnny.

Ich weiß, was du wolltest, sagte sie.

Da bietet sich eine gute Gelegenheit. Ich werde die reiche Tante mal ein wenig von ihrem Reichtum befreien. Dann braucht sie sich nicht so große Sorgen um das viele Geld zu machen. Ist es nicht so?

Ganz und gar nicht, stotterte er. Er war immer noch so geschockt, dass er nicht wusste, wie er auf die Situation reagieren sollte. Über einen Fehlschlag seines Planes hatte er sich nicht die geringsten Gedanken gemacht.

Er wurde in seinen Gedanken unterbrochen, als sie ihn wieder ansprach. Nachdem du im Maybee's mitbekommen hast, wo ich wohne, war mir sofort klar, dass ich mit deinem Besuch rechnen muss. Das habe ich dir an der Nasenspitze angesehen. Wie ich sehe, habe ich mich in dir nicht getäuscht.

Johnny hatte mittlerweile seine Fassung wiedergewonnen und ging auf Dolores zu.

Rufus erhob sich und ein tiefes Grollen kam aus seiner Kehle.

Rufus, Platz. Der Hund setzte sich und beobachtete ihn aber weiter aufmerksam.

Johnny war stehen geblieben und befand sich etwa drei Meter vor ihr.

Damit ich mit dir keine weiteren Überraschungen erlebe, wirst du dich ausziehen.

Was?

Staunend stand ihm der Mund offen.

Ich werde jetzt Bolero von Maurice Ravel abspielen. Er hat das Werk 1928 für die Tänzerin Ida Rubinstein komponiert. Es gibt davon mehrere Kompositionen.

Diese Komposition ist von Lorin Maazel und den Wiener Philharmonikern. Sie ist 14 Minuten und 42 Sekunden lang. Du hast aber noch Glück gehabt. Manche dauern zwischen 16 und 17 1/2 Minuten. Du wirst zu der Musik tanzen und immer, wenn ich dir ein Zeichen gebe, darfst du ein Kleidungsstück ablegen. Wenn du dir keine Mühe dabei gibst, wird dir Rufus liebend gern behilflich sein.

Nicht wahr?

Aus Rufus Kehle kam ein kurzes Wuff.

Johnny verharrte immer noch regungslos, so sprachlos war er. Er sah, wie sie den Plattenspieler, auf dem eine Schallplatte lag, laufen ließ.

Uuund Aktion.

Das meinen Sie doch nicht wirklich?

Und ob ich das im Ernst meine. Wenn du jetzt nicht sofort damit anfängst, dann hilft dir Rufus aber wirklich.

Wird's bald? Scharf und hart hatte sie diese Worte hervorgestoßen.

Ihm blieb gar nichts anderes übrig das zu tun, was sie von ihm verlangte.

Er zog seine Mütze vom Kopf und wollte danach seine Jacke ausziehen.

Halt, so geht das nicht, protestierte sie. Mach das erotischer und mit mehr Gefühl. Ich will sehen, was du so draufhast. Das Ganze noch mal. Und deine Kleider ziehst du erst aus, wenn ich dir einen Wink gebe. Kapiert?

Stumm nickte er. Ihm blieb nichts anderes mehr übrig, als sich in sein Schicksal zu ergeben.

Langsam begann er sich im Takt zu wiegen. Es sah alles hölzern und lustlos aus. Plötzlich kamen ihre Kommandos.

Deine Bewegungen müssen runder kommen. Wiege dich langsam im Takt. Lass dir was einfallen, sonst lasse ich dich das Ganze so lange üben, bis es klappt. Mach mich an. Überzeuge mich.

Johnny blieb gar nichts anderes übrig. Er versuchte seinen Körper im Takt der Musik zu wiegen. Er konzentrierte sich jetzt voll auf seinen Tanz. Seine Bewegungen wurden langsamer und er versuchte sie flüssiger zu machen und runder. Da erinnerte er sich an einen Bauchtanz, den er neulich im Fernsehen gesehen hatte. Er versuchte die Bewegungen nachzumachen, was ihm aber nicht sofort gelang. Er wurde langsam ruhiger und seine Bewegungen passten sich mit der Zeit dem Rhythmus von Bolero immer besser an. Er schaute auf Dolores, die plötzlich den Zeigefinger der rechten Hand hob und auf seine Mütze deutete. Er wartete noch ein paar Sekunden, dann hob er beide Hände und zog langsam die Mütze vom Kopf. Dabei hatten seine Hüften sich langsam im Kreise bewegt. Er warf die Mütze auf den Boden und schaute sie an. Er sah, wie sie an ihrem Sektglas nippte. Das rechte Bein hatte sie auf dem Linken übergeschlagen und die Schuhspitze wippte unmerklich im Ton der Musik mit.

Er ballte seine Hände zu einer Faust und legte sie an die Hüften. Seine Hüften kreisten. Mal rechts herum – mal links herum.

Die Schuhe, hörte er sie sagen. Da er Slipper anhatte, brauchte er sich nicht zu bücken und konnte sich ihrer ganz leicht entledigen, indem er sie einfach von sich wegstieß, nachdem er sie kurz zuvor gelockert hatte.

Rufus, dem das Ganze wohl nicht behagte, erhob sich und gab ein Knurren von sich.

Sei still und setz dich, herrschte sie ihn an.

Johnny sah Dolores an. Ein Lächeln erschien auf ihrem Mund. Sie schien das Ganze außerordentlich zu genießen. Ihr Kleid war ein wenig verrutscht, so dass ihre wohlgeformten Beine sichtbar wurden.

Schlaf mir nicht ein.

Er konzentrierte sich wieder auf seinen Tanz. Seine Bewegungen wiederholten sich öfter, aber sie wurden dabei fließender.

Das Hemd, kam ihr nächster Befehl.

Er streichelte ein paar Mal mit den Händen über sein Hemd und jedes Mal öffnete er dabei einen Knopf. Als er auf diese Weise alle Knöpfe geöffnet hatte, zog er langsam sein Hemd aus und ließ es langsam auf den Boden gleiten. Dabei wurde sein nackter Oberkörper sichtbar. Ein Unterhemd hatte er nicht an. Es hatten sich schon ein paar Schweißperlen auf seiner Haut gebildet, die im Glanz des Lichts wie Perlen funkelten.

Er schaute zu ihr hin und bemerkte, dass sie sein Strip auch langsam erregte. Das schloss er daraus, weil sie unruhig auf dem Sessel herumrutschte.

Dann werde ich dich noch ein wenig heißer machen, meine Süße. Er fasste mit beiden Händen zwischen seine Beine und schob dabei sein Becken vor und zurück. Dabei ging er einen Schritt auf sie zu, weil er glaubte, sie damit noch mehr zu erregen. Seine Taktik schien aufzugehen.

Die Hose, stieß sie mit erregter Stimme hervor.

Langsam bewegte er seine Hände zu der Gürtelschnalle. Mit aufreizender Lässigkeit öffnete er sie und zog dabei den Gürtel aus den Schlaufen der Hose, was er sonst nie machte. Er wirbelte den Gürtel ein paar Mal in der Luft und warf ihn in hohem Bogen von sich weg. Danach fing er an seine Hose zu öffnen. Er zog sie aber nicht gleich aus, sondern legte für sie noch einmal eine kleine Performance hin. Aus halbgeschlossenen Lidern beobachtete er sie dabei. Sie wurde immer unruhiger. Anscheinend war sie eine Gefangene ihrer eigenen Taktik geworden. Er fasste an seine Hose und zog sie aufreizend langsam herunter. Dabei drehte er sich um und wandte ihr den Rücken zu. Als er seine Hose über den Po streifte, wurde ein roter Slip sichtbar. Es war einer der Slips, den sie ihm heute Morgen im Maybee's ausgesucht hatte. Er ließ die Hose los und tanzte wieder und ließ dabei seine Hüfte kreisen. Mal rechts herum, mal links herum, mal vor und zurück. Dabei drehte er sich um seine eigene Achse, und als er die Hose über seine Beine zog, schaute er sie dabei an.

Ihre Augen schienen auf die Beule in seinem Slip fixiert zu sein. Er war mittlerweile ebenfalls erregt, was sich auf diese Art bemerkbar machte.

Die Hose warf er mit dem rechten Fuß von sich. Er verschränkte die Hände hinter seinem Nacken und fuhr sich mit der Zunge über seine spröden Lippen.

Aus halbgeschlossenen Lidern sah er sie lauernd an.

Die Strümpfe.

Er war überrascht, dass ihre nächste Aufforderung so plötzlich und kurz nach dem Ausziehen seiner Hose gekommen war.

Langsam gefiel ihm sein Strip, den er vor ihr ablieferte. Er hob das linke Bein und streifte den

Strumpf ab. Es gelang ihm, ohne dass er die Balance verlor. Das gleiche Kunststück gelang ihm auch mit dem anderen Strumpf. Jetzt hatte er nur noch seinen roten Slip an.

Seine Bewegungen, die jetzt rund und fließend waren, hatten sich Bolero perfekt angepasst.

Die Schweißperlen auf seinem gut gebauten Körper spiegelten die prickelnde Atmosphäre der Situation wider.

Er wurde in seinen Gedanken unterbrochen, als der undenkbare Befehl von ihr kam.

Den Slip.

Kurz und scharf hatte sie die Anweisung gegeben. Aber so wie sie sie ausgestoßen hatte, klang er wie ein Befehl. Sie hatte sich ein wenig vorgebeugt und er sah, dass eine hektische Röte in ihrem Gesicht war. Ihre Nüstern waren gebläht wie die einer läufigen Stute und ihre Hände hatten sich in den Armlehnen des Sessels festgekrallt.

Er hatte aufgehört zu tanzen und sah sie verblüfft an. Hatte er doch nie daran gedacht, dass sie so weit gehen würde. Als schien sie geahnt zu haben, dass er ihr widersprechen wollte, kam der nächste Kommentar von ihr. Kurz und präzise wie die anderen Anweisungen.

Keine Diskussion.

Johnny dachte an Rufus und fing wieder langsam an sich wieder im Rhythmus von Bolero zu bewegen. Bitte, lieber Gott, hilf mir. Ich weiß gar nicht, wie ich da wieder rauskommen soll.

Schlaf nicht ein dabei, bellte sie mit rauer Stimme.

Er konzentrierte sich wieder auf die vor ihm liegende Herkulesarbeit. Jetzt sollte auch noch die letzte Verteidigungslinie – sein Slip – fallen und dann stehe ich ganz nackt vor ihr und Rufus.

Er ließ seine Daumen in den Slip gleiten und schob sie innen an der Hose ein paar Mal entlang. Danach drehte er sich und wandte ihr den Rücken zu. Jetzt zog er den Slip ein klein wenig herunter, so dass sie den Ansatz seines Gesäßes sehen konnte. Er zog ihn wieder hoch und zurück. Dies tat er wiederum aufreizend langsam. Auf diese Art und Weise zahlte er es ihr heim. Nachdem er das ein paar Mal gemacht hatte, zog er seinen Slip wie in Zeitlupe über sein Gesäß. Jetzt konnte sie seinen nackten Po sehen.

Dreh dich um.

Überrascht verharrte er einen kleinen Moment ,kam dann aber doch ihrer Aufforderung nach.

Hatte er doch eingesehen, dass Widerstand zwecklos war. Er sah in ihr Gesicht, als er den Slip langsam nach unten zog und sein Geschlecht freilegte.

Ihre Zunge fuhr über ihre Lippen. Angespannt saß sie da und schaute auf seine Männlichkeit. Er streifte langsam den Slip ab, bis er auf dem Boden lag.

Mach weiter.

Er schloss seine Augen und tanzte wie in Trance. Plötzlich war es still. Bolero war beendet.

Er öffnete seine Augen und sah sie an.

Sie stand auf und öffnete ihr Kleid, das mit einem Gürtel festgehalten wurde. Sie ließ es über ihre Schulter gleiten und es fiel zu Boden. Nackt, wie Gott sie schuf, stand sie vor ihm. Er war sprachlos. Vor ihm stand Venus persönlich. Eine Frau, die sich ihrer Reize wohl bewusst war. Sie gönnte ihm ein paar Sekunden, damit er sie von oben bis unten betrachten konnte. Ihr schwarzes Haar fiel in ihren Nacken. Sie hatte große, wohlgeformte Brüste. Eine schlanke Taille, was trotz ihrer vollschlanken Figur nicht gerade selbstverständlich war. Ihre Weiblichkeit war nicht behaart, was ihn angenehm überraschte. Hatte er es doch so auch viel lieber. Ihre Beine waren perfekt. Er wurde in seinen Betrachtungen unterbrochen, als sie auf ihn zukam.

Sie blieb aber nicht vor ihm stehen, wie er es erwartet hatte. Während sie an ihm vorbeiging, fasste sie an sein Glied und zog ihn einfach mit. Die Richtung, in die sie ihn zog, war klar. Es ging ins Bett. Larry, wie er sein bestes Stück nannte, war bereits in Höchstform. Es blieb ihm gar nichts anderes übrig, als ihr in Richtung Bett zu folgen. Als sie davorstanden, ließ sie ihn los und schubste ihn darauf. Er stieß einen überraschten Schrei aus. Sofort war sie auf ihm und bedeckte sein Gesicht mit wilden Küssen.

Ich konnte den ganzen Tag an nichts anderes mehr denken, stieß sie lüstern hervor.

Du hast recht, keuchte er. Mir erging es genauso. Jetzt rede nicht so viel und komm zur Sache. Johnny ließ Dolores gewähren. Ja, er genoss es regelrecht, dass er nicht die Initiative ergreifen musste. Er gab sich ihr einfach hin und genoss ihre Zärtlichkeiten mit all ihrem Facettenreichtum. Das war für ihn ein völlig neues, aber hinreißendes Gefühl. Er wurde in seinen Gedanken unterbrochen, als sie ihn packte und mit ihm zur Seite rollte, so dass er plötzlich auf ihr lag. Das war es also. Jetzt sollte er dasselbe mit ihr machen, wie sie es zuvor mit ihm getan hatte. Dazu hatte er aber keine Lust. Er entspannte sich und lag wie ein nasser Sack auf ihr.

He, so haben wir nicht gewettet, protestierte sie. Dabei schlug sie mit ihren beiden Händen auf sein Gesäß. Der beißende Schmerz ließ ihn wieder hellwach werden. Na warte, du Biest, keuchte er.

Er sah, wie sie zur Seite langte und einen Videorecorder anstellte, aus dem kurz darauf Musik erklang. Während er sie küsste, drang er in sie ein.

Na endlich, keuchte sie. Jetzt zeig mal, was du kannst. Das Tempo gibt dir die Musik vor.

Bum, bum, bum ertönte es.
Ich glaube, ich bin gar nicht so in Form, neckte er sie. Das Tanzen hat mich doch zu sehr angestrengt. Es wäre besser, wenn du loslegen würdest.
Das würde dir so passen. Dabei schlang sie ihre Beine um ihn und trommelte mir ihren Fäusten auf seinen Rücken.
Hüah, mein Hengst sagte sie. Hüah.
Aus dem Stand legte er los.
Überrascht stieß sie kleine, spitze Schreie hervor, die ihn nur noch mehr anspornten.
Du willst es, dann sollst du es auch kriegen.
Ja, gib's mir, stöhnte sie und schnurrte dabei wie eine Katze.
Johnny biss ihr ganz leicht in das rechte Ohr.
Ihre Revanche ließ nicht lange auf sich warten. Sie grub dabei ihre Fingernägel in seinen Rücken und ließ leichte Kratzspuren zurück.
Sofort ließ er ihr Ohr los und keuchte: Du kleine Hexe.
Ein kehliges Lachen erfolgte und sie stieß ihre Hacken in sein Gesäß, um ihn noch mehr anzuspornen.
Er merkte, wie er auf seinen Höhepunkt zustrebte. Ich bin gleich so weit, stieß er hervor.
Ich auch. Ich auch. Mach weiter. Hüah, Hüah.
Gemeinsam erklommen sie den Gipfel der Lust und versanken in einem Meer von Glückseligkeit.

Ihre Körper verkrampften sich ineinander und sie hielten sich fest umschlungen. Als ihr gemeinsamer Höhepunkt langsam abebbte, genossen beide die traute Zweisamkeit, die sich in einem solchen Moment einstellte. Sie lagen noch eine Weile mit geschlossenen Augen da und genossen die Nachwehen ihrer Lust und die intime Nähe ihrer heißen Körper.

Johnny hob den Kopf und sah in ihr Gesicht.

Auch sie hatte die Augen geöffnet. Ein glückliches und zufriedenes Lächeln umspielte ihren Mund. Das war wunderschön, sagte sie. So intensiv habe ich noch nie gespürt, dass ich eine Frau bin.

Hat es dir auch gefallen, Liebster?

Ja, mein Liebling, erwiderte er.

Seine Antwort machte sie glücklich. Er hatte Liebling zu ihr gesagt und schien dasselbe für sie zu empfinden wie sie für ihn.

Soll das heißen, dass ich deine Freundin werden soll, weil du mich eben Liebling genannt hast?

Sie sah, wie auch er lächelte und sie danach küsste. Ist das Antwort genug?

Ja, das genügt mir.

Bleib noch ein Weilchen auf mir liegen.

Johnny entspannte sich und als er auf ihr lag, breitete sich eine wohltuende Wärme in ihm auf.

Beide genossen weiter die traute Zweisamkeit und die Nähe ihrer heißen Körper.

Dolores war es, die die Stille unterbrach.

Komm, Liebster, steh auf. Ich habe uns etwas vorbereitet. Aber zuerst duschen wir.

Als sie vor dem Bett standen, nahm sie ihn bei der Hand und sie gingen in das Bad.

Ich lasse dir den Vortritt, sagte sie schelmisch zu ihm. Kommt gar nicht in Frage, sagte er.

Diesmal zog er sie mit sich. Beide genossen das herrlich warme Wasser, das ihre Körper umschmeichelte und die Spuren ihrer Vereinigung beseitigte. Danach trockneten sie sich gegenseitig ab und zogen einen Bademantel an, der auf einem Stuhl bereitlag.

Engumschlungen gingen sie in das angrenzende Zimmer. Er sah, dass sie den Tisch mit kulinarischen Leckereien und erlesenen Getränken geschmückt hatte.

Du hast an alles gedacht, mein Schatz. Er küsste sie auf den Mund und sie setzten sich.

Kann es sein, gnädige Frau, dass Sie den heutigen Abend generalstabsmäßig geplant haben?, sagte er und sah ihr dabei tief in die Augen.

Sie antwortete nicht auf seine Frage. Nur ein spöttisches Lächeln erschien in ihrem Gesicht, als sie ihm zuprostete.

In dieser Nacht forderte sie ihn noch zweimal. Als er danach ermattet auf dem Bett lag, keuchte er vor Atemnot.

Mann, das ist ja härter als arbeiten.
Das kommt dir nur so vor, mein Lieber, weil du keine Kondition hast. Da werden wir in Zukunft etwas dagegen tun.
Wie meinst du das?
Warte es ab, mein Lieber, sagte sie, warte es einfach ab.

Johnny stand in der Eingangshalle von Dolores' Haus. Sie wollte ihm noch ein Geschenk mitgeben, was sie beinahe vergessen hatte, als sie sich von ihm verabschieden wollte. Sie war schnell die Treppe hochgegangen, um es zu holen. So stand er ungeduldig und schaute die Treppe hoch.
Dauert es noch lange?, rief er zu ihr hoch.
Komme gleich, hörte er sie rufen. Gedulde dich noch ein wenig, Schatz.
Daran musste er sich erst noch gewöhnen.
Schatz!
Was für ein hochtrabender Name. Er sollte ein Schatz sein. Auf was für Ideen die Weiber alles kamen, wenn sie in einen Kerl verknallt waren.
Sagte dieses Schatz doch nur eines aus.
Du gehörst mir, siehst keine andere Frau mehr an, wage es ja nicht, mit einer anderen zu flirten, mich zu betrügen und, und, und ...
Würde mich nicht wundern, wenn sie mich an die Kette legen würde.

Da bin ich.
Er schaute die Treppe hoch.
Strahlend und voller Vorfreude kam sie die Treppe herunter. In der Hand hielt sie eine kleine Schachtel. Als sie bei ihm war, streckte sie ihre Hand aus und gab sie ihm.
Was ist das?, fragte er.
Mach es auf, dann weißt du es.
Er sah sie an und ihre Augen strahlten eine innige Wärme aus, die ihn ganz warm ums Herz werden ließ. Vor ihm stand ein Mensch, eine Frau, die ihn anscheinend von Herzen liebte und ihm ihre ganze Zuneigung schenkte. Ein nie dagewesenes Gefühl von Glückseligkeit überkam ihn plötzlich.
Langsam öffnete er die kleine Schachtel.
Als er hineinblickte, sah er einen Ring mit einer roten Fläche. Er konnte sich denken, dass er aus Gold war. Er musste schlucken.
Für mich?, fragte er ganz verblüfft.
Ja, für dich, mein Schatz. Zieh ihn über.
Er nahm den Ring heraus und streifte ihn über den Ringfinger.
Als er hochblickte und in ihre Augen sah, bemerkte er den feuchten Glanz, der wohl die Vorstufe von Tränen sein würde.
Er nahm sie in seine Arme und drückte sie ganz fest.
Ich danke dir, Liebes, flüsterte er ihr ins Ohr. Du

machst mich glücklich. Das kann ich aber nicht annehmen. Wir kennen uns doch erst eine Nacht und dann gleich ein solches Geschenk.

Das hast du dir wirklich verdient, hauchte sie ihm ins Ohr. Wenn ich an deinen hinreißenden Tanz und an deine Zärtlichkeiten der letzten Nacht denke. Das habe ich mir immer gewünscht, dass der Mann meiner Träume nur für mich einen Männerstrip hinlegt.

Sie hob ihren Kopf und sah ihn an. Ich liebe dich, Johnny. Auf dich habe ich mein ganzes Leben gewartet.

Ihm fehlten die Worte. Er senkte seinen Kopf und presste seine Lippen auf die ihren. Es folgte ein langer heißer Kuss. Nach einer Weile lösten sie sich voneinander.

Ich muss jetzt gehen, sagte er.

Es folgten noch ein paar kurze Küsse, die Verliebte tun, wenn sie nicht voneinander lassen können und denen die Trennung allzu schwer fällt.

Er verließ das Haus und folgte dem Weg, der zur Straße hinführte. Er drehte sich um und sah sie an der Tür stehen.

Sie hob den Arm und winkte ihm zu.

Er tat es ebenfalls und ging weiter. Kurz danach war er ihren Blicken entschwunden.

Als er in seinem Auto saß, musste er sich erst ein wenig beruhigen. Ein nie gekanntes Gefühl war in

ihm. Er hatte einen Menschen gefunden, der ihn wirklich zu lieben schien. Eine Frau, die ihn wollte und die ihn so akzeptierte, wie er war. Ohne Wenn und Aber.
Plötzlich wurde ihm ganz heiß. Du meine Güte, dachte er. Ich glaube, du bist auch in sie verliebt. So etwas ist dir ja noch nie passiert.
Er drehte den Zündschlüssel um und war 20 Minuten später in seiner Wohnung. Dort legte er sich auf das Bett und schloss die Augen. Es erschien ihm Dolores, die ihm zulächelte und die Arme nach ihm ausstreckte.
Wenig später war er eingeschlafen. Die heiße Liebesnacht mit ihr forderte ihren Tribut.

Johnny öffnete die Augen. Er wollte sich im Bett aufrichten, sank aber mit einem Stöhnen wieder zurück. Sein Körper schmerzte an jeder Stelle. Was muss ich da nur geträumt haben, dass ... Er hielt in seinen Gedanken inne. Mit einem Schlag wurde ihm sein gescheiterter Einbruch und die anschließende Liebesnacht mit aller Deutlichkeit bewusst und traf ihn mit voller Wucht. Seine Schmerzen hatte er von einem Muskelkater, den er Dolores zu verdanken hatte. Sie hatte wirklich eine tolle Kondition gehabt.
Die habe ich mir vom Tennis geholt, hatte sie ihm erläutert. Außerdem halte ich mich im Fitness-

Studio meines Tennisclubs fit. Man kann ja nie wissen, was für ein Schnittchen einem über den Weg läuft, hatte sie schelmisch zu ihm gesagt und dabei mit dem Zeigefinger auf seine Nase getippt. Für so was hältst du mich also. Na warte. Er hatte sie dabei von sich abgeworfen und lag auch schon wieder auf ihr. Er schmuste ein wenig härter mit ihr, als er es sonst tat. Er hatte sie ganz leicht in ihr linkes Ohr gebissen und sie härter angepackt und was man sonst noch so alles mit einer Frau macht. Schweigend hatte sie seine Liebkosungen genossen, ab und zu schnurrte sie wie eine Katze, wenn ihr etwas sehr gefiel. Er hatte ihr den Gefallen getan und intensivierte und dehnte diese Zärtlichkeit auf volle Länge aus. Später hatte sie ihm gesagt, dass sie noch nie so entspannt und glücklich gewesen wäre.

Wenn die Männer begreifen würden, was wir Frauen alles wollen, und auf uns eingehen würden, dann könntet ihr auf unserem Körper wie auf einem Instrument spielen. Da zeigt es sich, wer ein begnadeter Künstler ist.

Dann bin ich wohl ein Künstler, so wie du dich aufgeführt hast.

Bilde dir nur nicht zu viel ein, mein Junge. Dabei hatte sie ihm einen ordentlichen Klaps auf seinen Po gegeben, auf den danach eine ordentliche Balgerei gefolgt war.

Plötzliche schweifte er mit seinen Gedanken ab und landete bei Karl, Rico, Susi und Lore.

Ich muss das beenden, dachte er. Ich wäre bescheuert, wenn ich da weitermachen würde und vielleicht in das Gefängnis käme. Das will ich nicht. Und noch weniger will ich Dolores verlieren. Mein Gott, ich habe mich wirklich in sie verliebt.

Ich werde sie am besten mal anrufen. Mir ist es dabei auch egal, wenn sie auf die Idee kommt, dass ich mich nach ihr sehne. Wenn eine Frau das weiß, dann hat man schon verloren und ist ihr hoffnungslos ausgeliefert.

Irgendwie schaffte er es trotz seines Muskelkaters aus dem Bett zu kommen und zu seinem Handy zu gelangen, das auf dem Tisch lag.

Er sah, dass Dolores schon mehrmals versucht hatte ihn zu erreichen. Aha, dachte er. Ihr ergeht es auch so wie mir. Vielleicht war es gar nicht so verkehrt, dass er nicht zu erreichen war. Dann hatte er sie viel leichter im Griff.

Er nahm das Handy und wählte ihre Nummer.

Hallo, Schatz, was ist los? Warum meldest du dich nicht? Ist etwas passiert?

Ach, Maus, sagte er und seufzte.

Ist also doch etwas passiert? Nun sag schon.

Ach, Maus, seufzte er noch mal. Ich bin völlig fertig.

Nun spann mich doch nicht so auf die Folter. Auf der Stelle erzählst du mir, was passiert ist.

Ach, Maus, wiederholte er zum dritten Mal, ich habe einen Muskelkater und rate mal, wer daran schuld ist?

Nachdem er das gesagt hatte, war für drei, vier Sekunden Stille. Dann plötzlich hörte er ein schallendes und befreites Lachen. Hahaha, da bin ich aber beruhigt. Mein kleiner, großer Rammelbiber hat Muskelkater, weil ihm noch die letzte Nacht in den Knochen steckt. Hahaha. Das werden wir ändern, mein Lieber. Ich lass mir da was einfallen.

Am besten, du nimmst deine Tasche und packst dir Kleider für ein paar Tage ein. Waschzeug nicht vergessen. Und sag deiner Vermieterin, dass du acht bis zehn Tage weg bist.

Anschließend kommst du zu mir. Gemeinsam werden wir deinen Muskelkater bekämpfen. Ich habe schließlich genauso viel Schuld daran wie du. Das bin ich dir schuldig.

In einer Stunde bist du bei mir. Keine Widerrede. Bis nachher also. Sie beendete das Gespräch.

Er überlegte. Vielleicht war es keine dumme Idee von ihr. Ich kann mich erholen, werde bemuttert und regelrecht verwöhnt.

Er holte seine Sporttasche aus dem Schrank. Das tat er mit zusammengebissenen Zähnen. Als er sich wie gewohnt bücken wollte, wurde er schmerzhaft an seine körperliche Unpässlichkeit erinnert. Er benötigte gut 20 Minuten, bis er alles eingepackt hatte.

Er schloss seine Wohnung ab und klingelte im Erdgeschoss bei Braun. Nach ein paar Sekunden ging die Tür auf und die alte Frau Braun stand vor ihm. Sie war eine Dame um die 75. Frau Braun, ich bin so ca. acht bis zehn Tage weg. Könnten Sie meinen Briefkasten leeren? Ich habe da auch was für Sie. Er gab ihr ein Geschenk, das er in aller Eile verpackt hatte. Das ist eine kleine Bestechung für Sie, sagte er und lächelte sie an. Bitte sagen Sie nicht nein.

Dann will ich mal nicht so sein, sagte sie.

Noch eine Bitte. Wenn jemand nach mir fragt, dann sagen Sie bitte nicht, dass ich weg bin. Das braucht niemand zu erfahren. Das soll unser kleines Geheimnis sein.

Von mir erfährt niemand ein Sterbenswort, sagte sie.

Vielen Dank, Frau Braun. Sehr freundlich.

Er drehte sich um und ging langsam aus dem Haus. Er musste um die Ecke gehen, weil er vor dem Haus keinen Parkplatz gefunden hatte. Mit schmerzverzerrtem Gesicht stieg er ein.

Als er losfahren wollte, sah er in den Rückspiegel und erstarrte. Er sah seine Gang. Karl, Rico, Susi und Lore waren im Anmarsch und wollten ihn besuchen. Schnell gab er Gas und fuhr davon. Das hätte ihm gerade noch gefehlt. Er hätte sich eine Story einfallen lassen müssen, wo er sich den Muskelkater geholt hätte. Aber das wäre für ihn noch nicht mal das Schlimmste gewesen. Susi und Lore hätten bestimmt die Gelegenheit genutzt ihn zu pflegen. Dabei wäre er ihnen völlig schutzlos ausgeliefert gewesen. Sie hätten ihn bestimmt als ihr Sexspielzeug benutzt, wie sie es im Kaffeehaus neulich gesagt hatten.

Plötzlich kam ihm eine Idee. Er fuhr rechts an und wählte Karls Telefonnummer zu Hause. Da er ihn gesehen hatte, konnte er ihm auf Band eine Nachricht zukommen lassen. Lästigen Fragen ging er somit aus dem Weg. In den nächsten Tagen würde ihm bestimmt eine plausible Geschichte einfallen, die er ihm und den anderen präsentieren würde. Genauso tat er es. Danach fuhr er weiter und stand mit seinem Auto nach einer viertel Stunde vor Dolores' schmiedeeisernem Tor. Er sah, wie es sich vor ihm wie von Geisterhand öffnete und, als er es passiert hatte, hinter ihm schloss. Er sah Dolores die Treppe runterkommen. Sie deutete auf die Seite. Sie hatte das Tor der Garage bereits geöffnet. Er fuhr hinein und stellte den Motor ab. Er öffnete die Fahrertür und schon fiel sie ihm um den Hals, während sich hinter ihm das Garagentor schloss.

Mein armer kleiner Liebling, sagte sie und bedeckte dabei sein Gesicht mit vielen kleinen Küssen, gierig dabei, wie eine Ertrinkende, die verzweifelt nach Luft schnappte.

Langsam, mein Schatz. Aua. Er verzog sein Gesicht zu einer Grimasse.

Oh, entschuldige, sagte sie schuldbewusst. Komm, ich helfe dir raus.

Er legte seinen Arm um ihre Schulter und gemeinsam schafften sie es. Ich hole deine Tasche später.

Danach gingen sie langsam den Gang entlang, der von der Garage zum Haus führte. Es war ihm nicht unangenehm dabei und er hatte keinerlei Skrupel, sich voll und ganz auf sie zu stützen.

Am besten, wir gehen gleich hoch, sagte sie. Dann hast du es hinter dir.

Was habe ich hinter mir?, sagte er verblüfft.

Ich lasse dir im Badezimmer die Wanne mit heißem Wasser volllaufen. Das ist momentan das Beste, was wir tun können.

Wenn du meinst.

Sie brauchten geschlagene zehn Minuten, bis sie die letzte Stufe bewältigt hatten und im Badezimmer angekommen waren. Dabei hatte sie ihn während der Pausen, die sie einlegten, immer wieder geküsst, um ihn zu motivieren und es ihm zu erleichtern. Es gefiel ihm, zwischendurch Grimassen zu schneiden und den sterbenden Schwan zu spielen, um so ihre Mutterinstinkte für seine Zwecke zu nutzen.

Bleib stehen, ich lass dir das Badewasser ein. Die Badewanne ist viel besser als das große Becken. Dabei beugte sie sich über die Badewanne und drehte das Wasser auf. Mit der Hand prüfte sie dabei, dass es nicht zu heiß oder zu kalt war. So ist es richtig, sagte sie. Sie richtete sich auf und nahm eine Flasche mit einer Badeessenz und goss eine kleine Menge in das Wasser hinein.

Was ist das?, fragte Johnny.

Damit du gut riechst und duftest, mein Lieber.

Das kannst du doch nicht machen, protestierte er. Das ist bestimmt irgend so ein Frauenduft. Da rieche ich ja wie eine Tunte.

Keine Widerrede. Und jetzt werde ich dich ausziehen. Sie ging vor ihm auf die Knie und öffnete seinen Gürtel. Danach knöpfte sie ihm die Hose auf und zog gleich danach seinen Slip herunter.

Haha, lachte sie auf einmal.

Was gibt's da zu lachen?, fragte er irritiert.

Larry hängt einfach nur so rum, als könnte er kein Wässerchen trüben. Aber Lucy hat ihm letzte Nacht ganz schön die Leviten gelesen. Nicht wahr, Larry?

Während sie dies zu ihm sagte, hatte sie sich aufgerichtet und sah ihm in die Augen. Setz dich auf den Hocker, ich mache den Rest. Er tat, was sie ihm sagte. In seiner Verfassung blieb ihm eh nichts anderes übrig. Nachdem er sich gesetzt hatte, zog sie ihm sein Hemd aus. Danach waren die Schuhe, Hose und Strümpfe an der Reihe.

Das machst du aber nicht das erste Mal, Maus.

Sie gab keinen Kommentar, sondern lächelte ihn nur spitzbübisch an.

Und jetzt rein in die Wanne.

Sie half ihm wieder beim Aufstehen und hob sein rechtes Bein, damit er leichter in die Wanne steigen konnte.

Mann, ist das heiß, sagte er und zog seinen Fuß wieder zurück.

Stell dich nicht so an und sei ein Mann.

Habe ich das nicht letzte Nacht gezeigt, keuchte er.

Langsam tauchte er seinen Fuß in das heiße Wasser und als er sich daran gewöhnt hatte, stieg er auch mit dem anderen hinein. Das Setzen wird wohl die härteste Übung sein, sagte er.

Ihr armen Männer, sagte Dolores. Wollt immer so hart sein und seid doch die Wehleidigkeit in Person.

Er gab ihr keine Antwort. Sein Gesicht verzog sich zu einer Grimasse, als er sich setzte und seinen Körper langsam in das heiße Wasser eintauchte. Als er in der Wanne saß, ließ er sich langsam zurückgleiten, bis sein Rücken Halt an der Badewanne fand. Sein ganzer Körper war jetzt in dem heißen Wasser. Nur sein Kopf schaute noch heraus. Das Wasser war voll von dem Schaum des Bademittels, das sie hingegossen hatte.

Ah, sagte er. Das tut gut. Danke, mein Schatz. Hast dir ein Bussi verdient. Komm her.

Während sie sich zu ihm niederbeugte, sah er in ihren Ausschnitt und genoss für einen kurzen Augenblick die ganze Herrlichkeit, die sich ihm darbot. Das gehört alles mir, dachte er und grinste.

Dolores hatte sein Grinsen bemerkt. Sie ging aber nicht darauf ein. Wenn sie ihn jetzt danach fragen würde, dann bekäme sie nur irgendeine saudumme Antwort. Das hatte sie in der Vergangenheit schon mehrmals zu hören bekommen. Sie richtete sich auf und ging aus dem Badezimmer.

Der war aber kurz, rief er ihr hinterher. Wohlig schloss er die Augen und genoss die Wärme, die seinen geschundenen Körper erfasste.

Plötzlich ertönte leise Musik. Ja, das ist es. Das rundet die ganze Sache ab. Jetzt muss mir nur noch Dolores etwas zu trinken geben, dann ist alles perfekt.

Da bin ich wieder, hörte er ihre Stimme. Schläfrig öffnete er die Augen und sah zu ihr auf. Er musste schlucken. Nackt, wie Gott sie schuf, stand sie da mit einem Tablett in der Hand, auf dem sich eine Karaffe mit einer roten Flüssigkeit und zwei Gläsern befand.

Sie sah atemberaubend aus. Gleichzeitig mit dieser Erkenntnis wurde ihm doch ein wenig mulmig zumute. Sie wollte ihn doch nicht schon wieder vernaschen.

Spöttisch sagte sie zu ihm: Keine Angst, mein Schatz. Wir heben uns das für ein anderes Mal auf.

Verdammt, dachte er. Kann sie Gedanken lesen oder sieht man mir das an? Wenn sie so aus mir lesen kann, dann ist sie ja gemeingefährlich für mich. Wie ein offenes Buch bin ich da für sie.

Als sie sein unglückliches Gesicht bemerkte, lachte sie wieder.

Hier, trink, sagte sie. Dabei reichte sie ihm ein Glas mit der roten Flüssigkeit.

Was ist das?

Trink und sag es mir.

Er nippte ein wenig.

Kirschsaft.

Ist das Kirschsaft?

Erraten. Ein altes Rezept meiner Großmutter. Das hat sie mir als kleines Kind auch immer gegeben, wenn ich in den Ferien zu Besuch bei ihr auf dem Bauernhof war und mir die Beine wehtaten. Außerdem hat sie mich noch mit Franzbranntwein eingerieben. Wenn ich heute Nacht gewusst hätte, dass du so wenig Kondition hast, dann hätte ich es vorher gemacht.

Verdammt, was soll das? Warst du nicht zufrieden mit mir? Du bist doch voll auf deine Kosten gekommen. Ich glaube, dass nicht viele mit mir mithalten können.

Du hast recht, entgegnete sie ihm. Ich war mit deiner Leistung entsprechend zufrieden. Sehr zufrieden, verbesserte sie sich, als sie in sein Gesicht sah, das einen beleidigten Ausdruck annehmen wollte. Superhoch zufrieden. Als sie das gesagt hatte, lachte sie laut auf. Dieses glockenhelle Lachen zog ihn – wie schon letzte Nacht – wieder in seinen Bann.

Sie holte sich einen Liegestuhl und stellte ihn vor die Badewanne und legte sich darauf.

Wenn du dich ein Weilchen ausgeruht hast, gehen wir in das größere Becken, sagte sie zu ihm.

Wenn ich nicht vorher eine Wasserleiche bin, knurrte er.

Er ergab sich jetzt widerstandslos in sein Schicksal, weil eine wohlige Müdigkeit seinen Körper erfasst hatte. Er schloss die Augen und gab sich dem Zauber des Augenblicks hin.

Johnny lag auf einer Liege im Wohnzimmer. Die Terrassentür stand offen und er hörte die Vögel im Park ihre Lieder trällern. Für ein gemeinsames

Bad hatte es nicht mehr gereicht. Das hatte Dolores eingesehen, als er aus der Badewanne gestiegen war.

Du siehst aus wie ein Schrumpelkönig, hatte sie lachend zu ihm gesagt. Larry hat heute wohl auch keine Lust sich mit Lucy zu unterhalten. Was ist nur mit den Jungs los?

Er hatte sich eines Kommentars enthalten, war er doch noch viel zu erschöpft. Das warme Wasser der Badewanne hatte ihm anscheinend seine ganze Energie und Kraft aus dem Körper gezogen. Er war langsam zu der Liege gegangen und hatte sich hingelegt.

Da lag er nun. Müde und ausgelaugt wie ein ausgerupftes Büschel Gras.

Kurz danach war er auch schon eingeschlafen.

Johnny wurde unsanft geweckt.

Aufwachen, du Schlafmütze. Zeit fürs Mittagsessen. Ich habe schon alles hergerichtet. Du brauchst dich nur noch an den Tisch zu setzen.

Er wusste im ersten Moment gar nicht, wo er war. Als er sich umschaute, wurde es ihm plötzlich wieder bewusst. Er war bei seiner neuen Flamme. Das, was sie ihm soeben mit Worten an den Kopf geworfen hatte, hatte er nicht mitbekommen. Er hatte einen tiefen und traumlosen Schlaf gehabt. Er erhob sich von der Liege und wunderte sich, dass der Muskelkater weniger schmerzhaft war. Die ganzen Maßnahmen, die Dolores ergriffen hatte, hatten schon ihre Wirkung getan.

Dolores hatte ihn beobachtet, als er aufgestanden war. Er schaute zu ihr hin und glaubte einen lauernden Ausdruck in ihren Augen zu sehen. Ihr Frauen denkt immer nur an das eine, dachte er und grinste dabei.

Darf ich den Grund deiner Erheiterung erfahren?

Ach, nicht so wichtig, sagte er und setzte sich.

Wie geht es dir?

Fragend schaute sie ihn an.

Gut, lautete seine knappe Antwort.

Das schien ihr nicht zu gefallen. Das merkte er an ihrem Gesichtsausdruck. Was willst du denn von mir hören?, dachte er. Soll ich dir irgendeinen Schmus erzählen, nur damit du auch verbal hörst, was für einen verliebten Trottel du aus mir gemacht hast? Das kannst du vergessen.

Ach, Schatz, reichst du mir bitte den Gewürzständer?

Schweigend gab er ihn ihr.

Sie versuchte noch zwei-, dreimal ihn in ein Gespräch zu verwickeln, aber als sie merkte, dass sie damit keinen Erfolg hatte, unterließ sie es.

Schweigend nahmen sie ihre Mahlzeit ein.

Als sie fertig waren, nahm er ihre Hand und hatte sie mit einem Satz wieder voll unter Kontrolle.

Ich danke dir, mein Liebling, dass du mir die Zeit gegeben hast, mich ein wenig zu erholen.

Dabei sah er ganz tief in ihre Augen. Er merkte, dass seine Taktik voll aufgegangen war.

Bei seinen Worten war sie dahingeschmolzen wie Butter in der Sonne. Er frohlockte innerlich. So ist es recht, meine Kleine. Immer auf den guten Johnny hören, dann wird es mit uns schon noch.

Erotische Gymnastik

Johnny war allein. Dolores war mit dem Auto unterwegs. Ich muss noch ganz schnell etwas erledigen und bin in ca. einer Stunde wieder zurück.

Ist gut, hatte er ihr erwidert.

Sie hatte ihm noch schnell einen flüchtigen Kuss gegeben und war abgerauscht.

Er war danach in ihr Schlafzimmer hochgegangen und wollte sich in Ruhe fertigmachen, wenn sie zum Golfclub gingen.

Als er oben angekommen war, überlegte er es sich doch anders und legte sich auf das Bett.

Er musste kurz eingenickt sein. Als er auf die Uhr sah, waren gut 40 Minuten vergangen.

Ich werde mich ein wenig fit machen und ein paar leichte Gymnastikübungen machen.

Er fing ganz einfache Übungen an und merkte, dass er doch mehr draufhatte, weil ihn sein Muskelkater nicht mehr allzu groß störte.

Nach etwa zehn Minuten kam ihm eine Idee. Ich werde die Gymnastik machen, die ich für verschiedene Stellungen beim Liebesakt machen muss.

Unterdessen war Dolores unbemerkt von ihm zurückgekommen. Was treibt der denn da?, dachte sie. Ich werde ihn von dem geheimen Spiegel aus beobachten. Schnell hatte sie den kleinen Nebenraum erreicht. Sie stellte einen Stuhl vor den Spiegel und konnte Johnny ungestört beobachten. Sie konnte aber von ihrem Schlafzimmer aus und somit von Johnny nicht bemerkt werden. Er hatte nichts an, als er begann.

Dolores kicherte. Ich habe in meinem eigenen Haus die Peepshow und muss keinen Cent dafür zahlen.

Ich werde für jede Übung 30 Sekunden ansetzen. Ich will mich ja nicht überanstrengen.

1. Übung – Dolores besteigt und reitet mich
Dabei legte er sich mit dem Rücken auf das Bett und wippte ein klein wenig mit dem Becken, um den gedachten Bewegungen von Dolores entgegenzuwirken. Die Augen hatte er dabei geschlossen.

2. Übung – Die seitliche Begattung
Er legte sich auf die linke Seitenlage und bewegte sein Becken ein wenig vor und zog es wieder zurück. Er deutete hier die seitliche Begattung von Dolores an.

Die gleichen Bewegungen machte er bei der rechten Seitenlage.

3. Übung – Die Hundestellung
Er kniete sich auf das Bett, wobei er sich mit den Armen abstützte. Dann schob er sein Becken vor und zurück. Die Übungen sind als Trockenübungen anstrengender, dachte er.
Bei Dolores ist ein Widerstand da. So verpuffen meine Bewegungen und ich muss mich mehr anstrengen.

4. Übung – One-Night-Stand
Er stellte sich vor die Kommode und dachte sich, dass er sie daraufgesetzt hätte und sie nehmen würde.

5. Übung – Die Sessel-Nummer
Er setzte sich in den Sessel. Dolores besteigt und reitet mich. Dabei habe ich meine Hände mal an ihrem Gesäß und mal an ihren Brüsten. Hier hob und senkte er sein Becken, wobei er von der guten Federung des Sessels unterstützt wurde.

6. Übung –
Zu der sechsten Übung kam er nicht mehr, da er glaubte ein Geräusch gehört zu haben.

Dolores war von ihrem Versteck aus wieder nach unten gegangen und hatte die Haustüre mit einem lauten Knall zugeworfen.

So mein Lieber, dieses Geräusch wirst du mit Sicherheit gehört haben, dachte sie.
Ich bin wieder da, rief sie nach oben. In fünf Minuten können wir gehen.
Ich komme gleich, rief Johnny nach unten. In aller Eile machte er sich noch ein wenig frisch und zog schnell seine Kleider an. Er betrachtete sich im Spiegel und war zufrieden mit sich, so wie er aussah.
Plötzlich stand Dolores vor ihm. Fragend sah sie ihn an.
Ist was?
Nein, was soll denn sein, erwiderte er ihr.
Du kommst mir so komisch vor, als ob ich dich bei etwas Verbotenem erwischt hätte.
Das bildest du dir nur ein. Komm, lass uns gehen. Dabei schob er sie vor sich her und sie gingen die Treppe hinunter.
Dolores hätte platzen können vor diebischer Freude. Wenn du wüsstest, dass ich weiß, was du getrieben hast. Sie war aber so klug, die Situation nicht auszunutzen. Das hätte das Ende ihrer noch kurzen Beziehung sein können.

Warum grinst sie so stillvergnügt vor sich hin. Johnny hatte ein komisches Gefühl, das ihn in solchen Situationen noch nie betrogen hatte. Sie führte irgendetwas im Schilde, das war ihm klar.

Aber was?

Am besten, ich hake es einfach ab. Vielleicht rückt sie irgendwann ja damit raus.

Ein Auswärtsspiel

Ich schlage vor, dass wir beide zu meinem Golfclub fahren. Dort kannst du ausruhen und wir haben etwas Zeit für uns beide. Einverstanden?
Das ist eine tolle Idee, sagte er.
Das freut mich aber, sagte sie und ihre strahlenden Augen liebkosten ihn. Ich werde dir jetzt meine Haushälterin vorstellen. Sie nahm die Glocke in die Hand und klingelte.
Kurze Zeit später kam eine Frau herein, die er um die 50 schätzte. Sie war schlank und hatte eine weiße Schürze umgebunden.
Hermine, das ist Johnny, mein neuer Freund. Ich möchte, dass Sie ihn genauso zuvorkommend behandeln, als wenn ich es wäre.
Verstanden, gnädige Frau, sagte Hermine und schaute ihn an.
Johnny war aufgestanden und streckte ihr die Hand hin.
Ich will nicht, dass du so etwas tust, sagte Dolores. Hausangestellten gibt man nicht die Hand. Solche Vertraulichkeiten gehören sich nicht in unseren Kreisen.
Dann wird sich das ändern, sagte Johnny. Er ging auf Hermine zu und schüttelte ihre Hand.

Freut mich Ihre Bekanntschaft zu machen, sagte er.
Hör zu, Dolores, ich möchte, dass eines klar ist. Angestellte sind Vertrauenspersonen. So etwas wie Freunde. Und ich möchte ein gutes Verhältnis zu ihr haben.
Er verließ den Raum und sagte beim Hinausgehen: Ich hole inzwischen den Wagen aus der Garage. Er musste innerlich grinsen. Jetzt habe ich dir eine Duftmarke gesetzt, an der du noch einige Zeit zu knabbern hast.
Dolores lächelte ihm nach.
Gnädige Frau könnten dieses Mal den Richtigen gefunden haben. Gute Ansätze dazu hat er.
Er scheint anders zu sein als die anderen, die Sie vorher gehabt haben.
Ich weiß, Hermine, sagte sie, ich weiß.
Dolores stand auf und ging ihm nach.
Als sie die Treppe hinunterging, sah sie Johnny, der bereits auf sie wartete.
Na mein Lieber, das ging aber flott, spöttelte sie. Ich habe mir schon überlegt, ob ich jemand zu dir schicken soll, der dir hilft, den Wagen aus der Garage zu holen.
Vielen Dank, Liebste, ich habe das ganz gut hinbekommen. Im Übrigen haben deine Maßnahmen hinsichtlich meiner vorübergehenden Unzulänglichkeit bestens gewirkt.

Ich bin jetzt nicht mehr der schwache Mann, der dir so hilflos ausgeliefert war.

Dolores lächelte ihm zu. Das war es, was sie an ihm so liebte. Das coole Gehabe, das er in manchen Situationen ihrer kurzen Zeit manchmal von sich gab.

Willst du fahren?

Nein, lass mal, fahr ruhig du. Ich will mich von dir herumkutschieren lassen, wie es sich mir geziemt und zusteht.

Wieso ist der Ferrari silbergrau und nicht rot?, fragte er sie beim Einsteigen.

Den habe ich geerbt.

So, so, was du nicht so alles erbst. Was hast du sonst noch so für Überraschungen?

Warte es ab, warte es einfach ab.

Sie gab Gas und er wurde in den Sitz gedrückt. Er hörte den satten Klang des Motors, der von Anfang an bis heute jeden Autofan glänzende Augen bekommen ließ.

Dolores bog auf die Straße und beschleunigte. Er genoss den Fahrtwind, der sein Gesicht streichelte und mit seinen Haaren spielte.

Dolores schwieg. Wusste sie doch, dass es für jemanden, der zum ersten Mal in einem Ferrari saß, ein beeindruckendes Erlebnis war.

Johnny saß entspannt in seinem Sitz und genoss die Fahrt zum Golfclub. Nach 20 Minuten bogen sie rechts ab und folgten dem langsam ansteigenden Weg, bis sie den Parkplatz vor dem Clubhaus erreichten. Sie stiegen aus und Dolores schlang ihren rechten Arm um seine Hüfte.

Ich freue mich auf die kommenden Stunden, sagte sie und küsste ihn.

Ich mich auch, Liebes.

Sie gingen den kurzen Weg hoch, bis sie den Eingangsbereich des Clubhauses erreichten.

Als sie hineingingen, wurden sie von der Clubmanagerin begrüßt.

Hallo, Frau Berger, schön, dass Sie mal wieder bei uns sind.

Ja, Frau Ewerts, ich freue mich auch. Endlich habe ich mal wieder Zeit für einen Besuch.

Ich empfehle Ihnen auf die Terrasse zu gehen. Der Platz unter dem Lindenbaum ist noch frei.

Vielen Dank, sagte Dolores, den nehmen wir.

Während Johnny und Dolores hinausgingen, wurde seine eng behoste männliche Kehrseite von der Managerin fixiert. Einen tollen Arsch hat der Junge. Und sonst sieht er auch ganz passabel aus. Ich glaube, ich verstehe jetzt, warum sie sich so lange nicht hat blicken lassen.

Als sie die Terrasse betraten, steuerte Dolores zielsicher auf den Platz zu, den ihnen die Clubmanagerin empfohlen hatte. Plötzlich ertönte ein Ruf hinter ihrem Rücken.

Hallo, Dolores, hierher!
Sie drehten sich um und sahen an einem Tisch drei Frauen sitzen. Kommt her, hier ist noch Platz für euch.
Oh ja, sagte Johnny zu Dolores. Ich bin gespannt, deine Freundinnen kennenzulernen. Er spürte, dass Dolores widerwillig mit ihm ging. Sie überspielte ihren Missmut gekonnt, indem sie ein Lächeln aufsetzte und alle mit der üblichen Begrüßung bedachte.
Dass sich die Weiber immer mit gekünstelten Wangenküssen bedenken müssen, dachte er.
Er wurde in seinen Betrachtungen unterbrochen, als Dolores ihn vorstellte.
Das, meine Lieben, ist mein Freund Johnny. Und das sind meine besten Freundinnen.
Sie zeigte auf die Frau neben ihm. Das ist Ruth Schlesinger, daneben Iris Neumann und Vanessa Köhler. Er gab den Dreien artig die Hand.

Ruth Schlesinger war eine große Frau von 1,85 Meter. Sie war kräftig gebaut, aber nicht dick. Sie hatte, wie er fand, ein durchschnittliches Gesicht mit kurzen roten Haaren. Das Auffallendste an ihr aber war, dass sie wie Lore Busch gut bebust war. Bei der könnte man sich unterstellen, wenn es regnete.
Sein Fazit: eine Rambolina.

Iris Neumann war das genaue Gegenteil von Ruth. Sie war klein und zierlich. 1,65 Meter, schlank mit blonden langen Haaren und braunen Augen. Im fiel das Lied ein »Rehbraune Augen hat mein Schatz«. Eine Frau, bei der sofort der Beschützerinstinkt eines Mannes geweckt wurde.
Fazit: Schmuserle.

Vanessa Köhler war ein Mischling und die schönste der drei. Ihre 1,75 Meter waren von der Natur perfekt ausgestattet. Augen, Mund, Nase, Brüste und bestimmt auch ihr Arsch. Ihre tiefschwarzen, schulterlangen Haare kräuselten sich leicht. Ihre dunklen Augen schienen tief und unergründlich zu sein, in denen man sich verlieren konnte. Die frisst die Männer, war seine Einschätzung. Bei ihr ist die allerhöchste Alarmstufe angesagt. Larry, mach jetzt bloß keinen Scheiß, gab er den Befehl an sein bestes Stück.
Fazit: Amazone.

Diese Eindrücke hatte er in den paar Sekunden gewonnen, bei denen er den Frauen seine ganze Aufmerksamkeit geschenkt hatte.

Als er und Dolores sich gerade gesetzt hatten, kam auch schon die Kellnerin und fragte nach ihren Wünschen.

Bringen Sie uns doch eine Flasche Sekt der Hausmarke, sagte Dolores.

Gerne, sagte sie und verschwand. Johnny sah ihr nach. Plötzlich bekam er einen kleinen Knuffer in die Seite.

Hallo, mein Schatz, hier spielt die Musik.

Oh, entschuldige, sagte er und wandte sich ihr zu.

Kennen sie Dolores schon lange?

Er schaute Iris an und nickte. Ja, das kann man sagen. Ich weiß gar nicht mehr genau, wann das war. Weißt du es vielleicht noch, Dolores? Er schaute sie an und hatte den Ball elegant an sie weitergespielt.

Sie lachte kurz auf. Mir kommt es auch schon wie eine Ewigkeit vor, aber wir kennen uns erst seit ein paar Tagen.

Interessant, sagte Ruth. Und wo ist es passiert?

Im Maybee's, sagte er.

Überrascht sahen sich die drei an.

Im Maybee's, so, so.

Und wer hat wem geholfen?, fragte Vanessa.

Ich ihr, nicht wahr, Schatz?

Dolores lachte laut auf. Und wieder war er gefangen von ihrem herzerfrischenden, perlenden Lachen.

Und bei was?

Dieses Mal hatte Vanessa die Frage gestellt. Die will es aber genau wissen, dachte er. Meine Einschätzung über dich hat mich wohl nicht getrogen.

Bei bestimmten diversen Kleiderfragen. Auch ihr Frauen wisst nicht alles und seid euch unsicher. Sie hat bei mir intuitiv gefühlt, dass ich Geschmack habe. Stimmt's?

Angriffslustig reckte er seinen Kopf in die Höhe und schaute Dolores herausfordernd an.

Aber ja, mein Lieber. Und wieder lachte sie und die anderen stimmten in ihr Lachen mit ein.

Wissen die etwas, was ich nicht weiß?, dachte er. Plötzlich kam ihm die Idee, dass Dolores etwas mit der Mode zu tun haben könnte. In ihrer kurzen Zeit hatten sie beide noch nicht darüber gesprochen, was der jeweils andere tat.

Jetzt muss ich bluffen.

Auch Modeleute haben manchmal eine Blockade.

Jetzt war es an den anderen, überrascht zu sein.

Woher weißt du, dass ich in der Modebranche bin?

Erstaunt schaute sie ihn an.

Jetzt werfe ich dir einen Knochen zu, an dem du noch lange zu nagen hast.

Im Eingangsbereich deines Hauses ist es mir aufgefallen. Das war von ihm gelogen. Außer einem begehbaren Kleiderschrank für die Gäste sowie einem kleinen Tisch mit zwei Stühlen war da nichts.

Er konnte förmlich sehen, wie es hinter ihrer Stirn arbeitete. Frech grinste er sie an, gespannt der Dinge, die da noch kommen werden.

Jetzt lachten Dolores und ihre Freundinnen.

Leicht irritiert schaute er sie an. Es war am besten, das Thema zu wechseln, fand er.

Haben Sie Ihre Golfrunde schon gespielt? Bewusst fing er ein anderes Thema an.

Ich hatte heute keine Lust zu golfen und wollte mich einfach nur entspannen. Iris erging es genauso. Vanessa wollte zwar spielen, aber wir haben sie überredet uns Gesellschaft zu leisten. Wie ist es mit Ihnen?

Meine Kragenweite ist das nicht.

Ich nehme lieber einen anderen Prügel in die Hand. Johnny sagte das ohne Hintergedanken. Nach dem er das gesagt hatte, kam ihm die Doppeldeutigkeit seiner Aussage in den Sinn. Schnell versuchte er die Situation zu entschärfen.

Ich meine Baseball. Es war aber schon zu spät. Die Mädels lachten und lachten. Als er sie anschaute, sah er, dass sie Tränen in den Augen hatten. Ein Hingucker war Ruth. In ihrem engen T-Shirt wogte ihr mächtiger Busen, was sofort Larry auf den Plan rief. Willst du wohl Ruhe geben.

Kusch, Platz, sei still. Nur mit Mühe gelang es ihm. Iris war aufgestanden und hielt sich vor lauter Lachen den Bauch. Und Vanessa sah mit den Tränen in ihren Augen noch schärfer und geheimnisvoller aus.

Ihm wurde das Ganze langsam zu blöde. Schon eine Minute lachten sie und konnten sich nicht beruhigen. Sogar seine Dolores hatte sich gegen ihn gewandt und lachte, was das Zeug hielt.

Ich muss mal für kleine Jungs, sagte er und erhob sich.

Vergiss deinen Prügel nicht. Er wusste nicht, wer von ihnen das gesagt hatte, und ihr Lachen wurde daraufhin wieder heftiger und sie kicherten weiter um die Wette.

Schnell entfernte er sich und steuerte auf die Toilette zu.

Eigentlich musste er gar nicht pinkeln. Das kommt davon, wenn man sich mit vier Weibern auf einmal unterhält. Dann kommen solche eindeutig zweideutigen Situationen heraus.

Er betrat die Toilette und sah in den Spiegel über dem Waschbecken.

Plötzlich ging die Tür auf und die Clubmanagerin erschien. Könnten Sie bitte mal kommen? Ich muss den Clubausweis für Sie ausstellen und Ihre Personalangaben brauche ich auch.

Verdutzt folgte er ihr. Hätte sie nicht noch warten können, bis er aus der Toilette gekommen wäre?

Bitte hier. Dabei wies sie mit ihrem linken Arm in die angegebene Richtung.

Er betrat ihr Büro und ging in den Nebenraum, dessen Tür einen Spalt breit offen stand. Als er die Tür öffnete, zögerte er, weil der Raum dunkel war. Er bekam einen Stoß in den Rücken und wurde in den Raum gedrängt.

Jetzt habe ich dich, hörte er eine keuchende

Stimme und ein Frauenkörper drängte sich gegen ihn und bedeckte seinen Mund und sein Gesicht mit Küssen. Gleichzeitig fühlte er, wie sich Hände an seinem Gefechtsraum zu schaffen machten. Bevor er sich von seiner Überraschung erholte, lag sein Gemächt schon im Freien und Larry befand sich im Mund dieser Frau.

Frau Ewerts, was tun Sie, nein, ich will das nicht. Hören Sie auf. Er hatte keine Chance. Sie war vor ihm in die Hocke gegangen und hatte ihn im wahrsten Sinne des Wortes in der Hand. Sein Larry befand sich in der Sauna. Dieses Gefühl hatte er, weil es da, wo sich Larry befand, warm und feucht war.

Du willst es doch auch, keuchte sie, als sie für einen kurzen Moment sein bestes Stück nicht mehr einer Mundmassage unterzog.

Nein, bitte nicht. Er hatte das ohne großen Widerstand gesagt, weil er mit einem Mal ganz scharf geworden war.

Komm her, stieß er heiser hervor. Dabei zog er sie hoch und setzte sie auf den Tisch, an den er sich angelehnt hatte. Im Zwielicht des Raumes konnte er erkennen, dass sie kein Höschen anhatte. Plötzlich und ohne Vorwarnung drang er in sie ein.

Ja, stöhnte sie, und schlang ihre Arme und Beine um ihn. Gibs mir, mach es richtig hart. Das ließ er sich nicht zweimal sagen. Er hatte sie jetzt fest gepackt und rammelte wild drauflos. In diesem Moment war ihm alles egal. Was jetzt noch zählte, war allein seine ungezügelte Lust. Eine so hagere Frau wie sie hatte er noch nicht gehabt. Er spürte, wie sich ihre Scheide an seinem Schwanz festhielt, als wollte sie ihn nicht mehr loslassen. Es war nur noch ihr Keuchen und Stöhnen zu hören. Als er merkte, dass es ihm kommen wollte, zog er ihn schnell aus ihr heraus und sie kniete sich vor ihm hin und nahm die Spermadusche entgegen.

Sie liebkoste Larry noch einen kurzen Moment und erhob sich.

Das war gut, sagte sie.

Einen Quicky für die Niki. Jetzt weißt du, wie ich mit Vornamen heiße.

Lass mich erst mal nachschauen, ob die Luft rein ist. Sie öffnete die Tür ein wenig und zog ihn mit heraus.

Nimm Platz, sagte sie zu ihm.

Sie wollte gerade beginnen seine Personalien abzufragen, als die Tür aufging und Dolores erschien.

Ah, hier bist du. Wir haben dich vermisst. Zur Clubmanagerin gewandt sagte sie: Seine Daten maile ich Ihnen in den nächsten Tagen zu.

Kommst du, Schatz?

Er erhob sich und folgte ihr. Beim Hinausgehen sagte er noch Tschüss.

Sie sah den beiden nach und sah, wie sie die Terrasse betraten und am Tisch bei den anderen Platz nahmen.

Das hat richtig gutgetan, murmelte sie. Der wäre genau meine Kragenweite. Ein Lächeln umspielte dabei ihre Lippen.

Als Johnny mit Dolores das Zimmer verlassen hatte, musste er mit seiner Fassung kämpfen. Er war wieder überrumpelt, ja, wieder vergewaltigt worden. Erst Lore, dann Susi, Dolores und jetzt Niki. Ich darf mich jetzt nicht verraten.

Er betrat mit ihr die Terrasse und sie steuerten auf ihren Tisch zu, wo er schon neugierig von den drei Grazien beäugt wurde.

Na, ausgelacht? Fragend schaute er sie an.

In der Tat, in der Tat.

Du bist uns doch nicht böse, oder? Vanessa sah ihn herausfordernd an.

Aber nein, keinen Moment. Ich stelle fest, dass es bei dem weiblichen Geschlecht genauso zugeht wie bei uns Männern. Ich habe den Eindruck sogar noch schlimmer. Ihr Frauen denkt immer nur an das eine.

Jetzt sollen wir dich auch bemitleiden. Ohne Übergang war die Anrede in das vertrauliche Du übergegangen.

Johnny und Dolores blieben noch eine ganze Weile, bis sie sich entschlossen aufzubrechen.

Macht's gut, Kinder, sagte Dolores und wieder gab es die üblichen Bussis und Tschaus. Dieses Mal wurde er mit einbezogen und musste das ganze Geschmuße mitmachen. Das werde ich das nächste Mal unterbinden. Das ist ja nicht auszuhalten.
Als er wenig später im Ferrari saß, sah ihn Dolores an.
Und, wie haben sie dir gefallen?
Scheinen ganz nett zu sein.
Ganz nett? Na hör mal. Ich habe dich beobachtet und du hast sie mit deinen Augen geradezu verschlungen.
Hab ich nicht.
Hast du doch.
Wenn du das bei der Clubmanagerin gesagt hättest, dann hätte ich dir geglaubt, sagte sie. Diese dürre Spindel bekommt bestimmt keinen ab, geschweige, dass sich irgendein Kerl mit ihr einlässt. Die muss sich wohl mit einem Witwentröster zufriedengeben.
Johnny musste schlucken.
Was für ein Witwentröster.
Ein Massagestab, was denn sonst.
Sie fuhr los und er genoss den Fahrtwind in seinem Gesicht.
Wo fahren wir denn überhaupt hin?, schrie er in ihre Richtung, weil der Fahrtwind und die Musik ein Schreien geradezu erzwangen.

Zu meinem Lieblingsitaliener. Lass dich einfach nur überraschen, mein Schatz. Dabei legte sie ihre rechte Hand auf seinen Schenkel.

Auf einen Schlag wurde ihm bewusst, dass er die Rolle einer Frau eingenommen hatte und die Frauen die Rollen eines Mannes. Seit er bei Dolores einen Bruch machen wollte, war es plötzlich eine verkehrte Welt. Jetzt wusste er, wie den Frauen zumute war, die Spielball der Männer in einer Männerwelt waren.

Er genoss es, von ihr chauffiert zu werden. Außerdem konnte er in Ruhe darüber nachdenken, wie das mit Niki abgelaufen war. Ich muss aufpassen, dass mir die ganze Geschichte nicht aus dem Ruder läuft. In diesem Fleckchen Erde in Deutschland scheinen andere Verhältnisse zu herrschen. Er kam zu dem Schluss, dass er in Amazonien gelandet ist. Wahrscheinlich hatte er eine Zeitreise gemacht. Die Weiber bestimmen dein Leben und du hast kein Mitspracherecht.

So, wir sind da, hörte er Dolores sagen.

Sie waren in den noblen Vorort gefahren, wo nur die Reichen verkehrten und das gemeine Volk sich nicht blicken ließ, weil alles viel zu teuer war.

Sie stiegen aus und Dolores gab ihren Autoschlüssel dem Angestellten, der vor dem »Roma« stand.

Hallo, Frau Berger. Wie immer?

Ja, Luigi.
Sie gingen die Treppe hoch und gelangten in den Eingangsbereich. Sofort wurden sie von dem Empfangschef hofiert. Der winkte zwei Angestellte herbei, die ihnen aus der Jacke halfen.
Würden Sie mir bitte folgen?
Dolores hakte sich bei ihm unter, während sie in einen Seitengang geführt wurden, der in gleichmäßigen Abständen Türen an der rechten Seite hatte. Der Empfangschef öffnete eine Tür, die genau in der Mitte des Ganges lag.
Bitte treten sie ein, sagte er und neigte seinen Kopf ein klein wenig nach unten. Als sie hineingingen, sah er an der Wand eine Bank, die mit rotem Samt bezogen war. Das Holz war mit Blattgold belegt, wie er später erfuhr. An der Decke sah er einen Kronleuchter hängen, der perfekt der Größe und der Ausstattung des Raumes angepasst war. An der gegenüberliegenden Wand sah er ein Gemälde, auf dem Casanova zu sehen war, wie er ein Frauenzimmer mit seinem Charme umgarnte. All das hatte er in den wenigen Sekunden, in denen sie das Separee betraten, mit einem Blick registriert. Sie setzten sich und Dolores bestellte für sie.
Antonio, würden Sie uns bitte das Berlin bringen?
Sehr wohl, gnädige Frau. Ich werde es umgehend veranlassen. Diskret entfernte er sich.
Dolores gab ihm ein wenig Zeit, damit er sich umse-

hen konnte. Wenn man zum ersten Mal im »Roma« war und aus einfachen Verhältnissen stammte so wie er, dann brauchte man einfach diese Zeit. Man kam aus dem Staunen gar nicht heraus.

Vom Separee aus konnte man den Saal nicht überblicken. Dolores betätigte die Tastatur, die in der Armlehne integriert war. An der Wand sah man einen Film ablaufen, bei dem es um zwei Vögel ging, die schnäbelten, was das Zeug hielt.

Er verstand den Hinweis und legte seinen Arm um sie und gab ihr einen langen Kuss. Haben Sie das so geplant, Gnädige Frau?, neckte er sie.

Sie grinste schelmisch zurück. Du begreifst schnell. Vielleicht habe ich mir doch keinen Dummkopf geangelt.

Bevor er ihr eine Antwort darauf geben konnte, blinkte eine Lampe über der Tür. Das ist der Champagner, sagte sie und gab die Freigabe für den Kellner hereinzukommen, indem sie einen Knopf an der Armlehne drückte. Der Kellner erschien mit einem Servierwagen und öffnete den Champagner und schenkte in Gläser ein, die wie ein Blütenkelch aussahen.

Geräuschlos und ebenso diskret, wie er gekommen war, zog er sich zurück.

Prosit, mein Lieber, sagte Dolores und gab ihm ein Glas in die Hand. Sie nahm das andere und sie prosteten sich zu.

Nun, hast du dich jetzt ein wenig gefangen? Amüsiert schaute sie ihn dabei an.
Ist das deine Welt, in der du dich bewegst?, fragte er sichtlich beeindruckt.
Sie nickte und beobachtete ihn weiter.
Er atmete einmal tief durch und sagte nur wow.
Das ist aber jetzt nicht das einzige Wort, was du den ganzen Abend sagen wirst, oder?
Natürlich nicht. Was denkst du denn von mir?
Über was willst du dich denn mit mir unterhalten?
Vielleicht über die schönste Nebensache der Welt, sagte er und grinste sie dabei herausfordernd an.
Dazu habe ich keine Lust. Vielmehr möchte ich mehr über dich wissen. Gib mir mal deinen Lebenslauf. Damit ich eine Ahnung habe, mit wem ich mich einlasse.
Johnny fing an ihr seine Geschichte zu erzählen. Und er ließ nichts aus.
Als er geendet hatte, sah er sie fragend an. Wie ist deine Lebensgeschichte?
Meine Eltern haben eine Juwelierkette auf der ganzen Welt. Im Moment läuft es mit ihnen nicht besonders. Sie haben mir angedeutet, dass sie mir den Geldhahn zudrehen wollen. Ich würde zu verschwenderisch leben, haben sie gesagt. Und dann ist da noch die Sache mit dem Überfall passiert.
Von welchem Überfall?
Wir haben ein Geschäft in der Nähe vom May-

bee's, wo wir uns getroffen haben. Die Täter haben Schmuck und Bargeld im Wert von 7,8 Millionen erbeutet. Und die Polizei ist noch keinen Schritt weitergekommen. Wenn ich die Lösung meinem Vater präsentieren könnte, dann wäre alles wieder gut. Er hat mir vorgeworfen, dass das direkt vor meiner Nase geschehen wäre und ich hätte nichts dagegen unternommen.

Sie machte dabei so ein unglückliches Gesicht, dass er sie einfach in den Arm nehmen musste.

Was würdest du sagen, wenn ich dir dabei helfen würde?

Was sollst du schon groß dabei tun können?

Was kriege ich, wenn ich dir helfe? Herausfordernd schaute er sie an.

Sag du mir, was du haben möchtest.

Jeden Morgen müsstest du mich mit einem Kuss wecken und mir sagen: Du bist der Größte, mein Schatz.

Ist das dein Ernst?

Er nickte kurz und sagte: Ja.

Abgemacht?

Also gut, abgemacht, sagte sie mit einem Seufzer.

Er langte in seine Jackentasche und holte sein Handy heraus. Dann ließ er die Aufnahmen vom Überfall abspielen.

Wo, wo hast du das her, stieß sie überrascht hervor.

Als wir uns zum ersten Mal im Maybee's getroffen haben, bin ich in das Rendezvous gegangen und habe einen Cappuccino getrunken. Ich habe mich an das Fenster gesetzt und wenig später ist mir das aufgefallen und ich habe das aufgenommen. Wenn zwei Männer aus einem BMW springen und der Fahrer bei laufendem Motor sitzen bleibt, ist das schon ungewöhnlich. Meinst du nicht?
Urplötzlich fiel sie ihm um den Hals. Ich liebe dich, liebe dich, dich, dich, dich. Dabei bedeckte sie sein Gesicht mit zärtlichen Küssen, die in einem langen Zungenkuss endeten.
Das ist meine Rettung, mein Schatz. Und sie fiel ihm wieder um den Hals.
Als sie von ihm abließ, strahlte sie ihn an und ihm wurde bewusst, dass er mit ihr das große Los gezogen hatte.
Das anschließende Essen war für Johnny ein Erlebnis. Er fühlte sich wie in einem Märchen aus Tausendundeiner Nacht. So delikat war das Essen, das Dolores für sie bestellt hatte. Hier war die ganze Kunst der italienischen Küche enthalten die man sich denken kann.
Ich kann nicht mehr, sagte er anschließend und schaute auf die Uhr.
Wollen wir gehen?
Sie nickte nur.
Heute Nacht ist tote Hose. Ich bin ganz erledigt.

Erst hatte ich einen Muskelkater und jetzt hat mich die Völlerei im Griff. Das muss anders werden. Du fährst nachher aber nicht mehr mit dem Auto. Ist das klar?
Ja, mein Liebling. Das »Roma« hat für solche Fälle einen Fahrdienst.
Sie erhoben sich und ließen sich nach Hause bringen.
Als sie bei Dolores' Villa ankamen, war es genau Mitternacht. Todmüde fielen sie in das Bett.

Kriegsrat

Als beide am nächsten Morgen am Frühstückstisch saßen, unterhielten sie sich darüber, was sie heute machen sollten.

Hör zu, Johnny, sagte Dolores. Ich werde die Aufnahmen von deinem Handy über den Raubüberfall auf mein Handy überspielen und mir zwei Sicherheitskopien anlegen. Damit werde ich zur Polizei gehen und Anzeige erstatten. Wer mir die Aufnahmen zugespielt hat, werde ich natürlich nicht preisgeben. Eine unbekannte Person hat sie mir zukommen lassen.

Damit werde ich wahrscheinlich den ganzen Tag beschäftigt sein. Vorher muss ich aber noch meinen Eltern Bescheid geben. Vielleicht haben sie andere Vorstellungen, wie ich vorgehen soll. Auf jeden Fall hast du mir aus der Patsche geholfen, Liebling. Ich bin dir was schuldig. Denk dir was aus und überrasche mich dabei.

Sie schaute ihn an. Was wirst du heute machen?

Ich gehe erst mal in meine Wohnung zurück. Alles Weitere wird sich dann ergeben.

So, ich bin fertig, sagte er. Er schaute auf seine Uhr. Halb zehn. Ich werde mich fertig machen.

Wann sollen wir uns wieder treffen?

Wir telefonieren am besten miteinander.

Okay, dann überspiele ich die Aufnahmen von deinem Handy auf meinen Computer, sagte sie.

Arm in Arm gingen sie die Treppe hoch.

Wenig später verließ er die Villa und fuhr zu seiner Wohnung.

Als Erstes klingelte er bei Frau Braun, um zu erfahren, was es Neues gab.

Die Tür ging auf und sie erschien.

Ah, Sie sind es.

Dreimal war jemand da, der Sie besuchen wollte.

Waren es immer dieselben?

Ja.

Dann weiß ich, wer es ist. Ich werde sie anrufen. Vielen Dank nochmals.

Er stieg die Treppe hoch und schloss die Tür seiner Wohnung auf. Er sah auf dem Boden des Flures zwei Briefe liegen. Er hob sie auf und drehte sie um. Kein Absender. Das war aber komisch. Er öffnete den ersten. Er war von Lore.

Hallo Johnny, wenn du da bist, melde dich bitte sofort. Brauche jemand zum Reden. Karl und ich lassen uns scheiden. LG Lore.

Der zweite Brief, der von Susi war, hatte ebenfalls eine kurze Botschaft.

Habe mich von Rico getrennt. Ruf mich an, Susi.

Na, das kann ja heiter werden, dachte er. Susi getrennt, Lore ließ sich scheiden und beide werden sich bei mir einnisten wollen.

Da werden die beiden aber Pech haben. Am besten, ich rufe alle zusammen und erkläre ihnen meine Situation. Dann werde ich weitersehen.
Genauso machte er es. Er ließ sich am Telefon auf gar kein großes Gespräch ein. Ich erzähle euch am besten alles im Dubliner's. Treffen wir uns in einer Stunde.

Als Johnny eintraf, waren alle schon anwesend. Erwartungsvoll schauten sie ihn an. Hast du einen Auftrag von unserem Boss ausgeführt?, fragte Karl ohne Umschweife.
Das habe ich, erwiderte er.
Informationen darf ich euch nicht geben. Erwischt wurde ich dabei nicht, log er. Aber etwas anderes, Erfreuliches ist mir danach passiert.
Als ich einkaufen war, habe ich die Frau meines Lebens getroffen. Das war der Grund, warum ich mich bei euch seit ein paar Tagen nicht mehr gemeldet habe.
Kennen wir sie?
Lore hatte diese zwei Wörter kurz und hart hervorgestoßen. Er sah sie an und lächelte dabei. Ihr Plan, sich bei ihm einzunisten, war wie ein Kartenhaus zusammengestürzt. Dasselbe unglückliche Gesicht machte auch Susi.
Wie heißt sie und wo wohnt sie?
Dolores Berger und sie wohnt in Seedorf.

Rico pfiff anerkennend. Da hast du aber einen guten Fang gemacht. Dort halten sich die Reichen auf. Ich verstehe dich, dass du dich erst jetzt bei uns gemeldet hast. Hätte es ebenso getan.
Und wie ist es euch so ergangen?, fragte Johnny, um dem Gespräch eine andere Wendung zu geben.
Wir alle vier sind nicht mehr zusammen, sagte Karl. Wir haben festgestellt, dass unsere Ansichten doch zu unterschiedlich sind. Bei Rico und Susi ist es kein Problem, aber bei Lore und mir schon. Da wir beide ja verheiratet sind.
Unser großer Unbekannter hat auch die Zusammenarbeit mit uns gekündigt. Wir wüssten, auf was es ankäme, und müssten jetzt auf eigenen Beinen stehen.
Wie geht es jetzt bei euch weiter, wohnt ihr alle noch zusammen?, fragte er und schaute sie an.
Ja, sagte Susi. Was sollen wir sonst machen?
Darauf folgte ein Schweigen. Jeder hing erst mal seinen Gedanken nach und starrte vor sich hin.
Johnny unterbrach es, indem er noch eine Runde bestellte. Leute, sagte er, Leute, lasst den Kopf nicht hängen. Es geht immer wieder weiter. Wenn ich eine Möglichkeit sehe, euch zu helfen, dann werde ich es tun.
Vielleicht kannst du deine Freundin fragen, warf Lore ein. Ich möchte mich nicht wieder in die Schlange der Arbeitslosen auf dem Arbeits-

amt einreihen. Dazu hat wohl jeder keine Lust, oder?

Alle nickten ihr zustimmend zu.

Ich werde sehen, was ich für euch tun kann. Da ich Dolores erst seit ein paar Tagen kenne, weiß ich noch nicht viel über sie.

Wenn ich eine Möglichkeit sehe, dann melde ich mich sofort bei euch.

Auf eine bessere Zukunft, sagte er und hob sein Glas. Auf eine bessere Zukunft, sagten sie und stießen mit ihren Gläsern an.

Kurz danach trennten sie sich.

Als er seine Wohnung betrat, setzte er sich gleich an seinen Computer und rief die Bank auf, bei der er unter dem Namen Valentin Stief sein geheimes Konto angelegt hatte. Der Kontostand betrug 49980,88 Euro.

Dieses Geld legte er an der Börse in Aktien an. Er kaufte Altria, McDonalds, Danaher, Stryker, Procter & Gamble, SAP, BP, Starbucks und Johnson & Johnson.

Die Aktien hatte er aus einem Heft von »Börse Aktuell« in Stuttgart ausgesucht. Einem Stuttgarter Aktienclub. Er war dort seit ein paar Jahren Mitglied und war mit deren Strategie gut beraten gewesen. Die paar Euros, die er manchmal übrig hatte, wurden rigoros in solche Aktien investiert. Setze auf Wachstumsaktien, die Marktführer sind und ihren Umsatz und Gewinn in der Vergangenheit kontinuierlich gesteigert haben. Und nehme Aktien aus verschiedenen Bereichen, damit dein Depot nicht abstürzt, wenn eine Branche in der Krise steckt.

Nachdem er seine Transaktionen beendet und seinen PC ausgeschaltet hatte, klingelte sein Handy. Kaum hatte er sich gemeldet, als ihn Dolores ganz aufgeregt bat, sofort zu ihr zu kommen.

Was ist denn los?, wollte er wissen.

Das erzähle ich dir, wenn du bei mir bist.

Ich bin in 20 Minuten bei dir.

Auf die Sekunde stand er vor dem Tor zu ihrer Villa. Er wollte aussteigen, um die Klingel zu betätigen, aber er wurde bereits erwartet, denn das Tor öffnete sich lautlos.

Er stellte seinen Wagen vor dem Haus ab und eilte die Stufen hoch. Dolores erwartete ihn schon und fiel ihm um den Hals.

Was ist denn los, mein Liebling?

Das ist vielleicht ein Tag. Komm rein, dann erzähle ich dir alles.

Sie gingen in den Salon und er sah ihre Freundinnen mit verheulten Gesichtern auf dem Sofa sitzen.

Fragend sah er Dolores an.

Heute ist ein ganz schrecklicher Tag, sagte sie. Als ich heute Morgen kurz nach dir das Haus verlassen habe, hat mich Iris angerufen. Die Hotelmanagerin von unserem Golfclub ist tödlich verunglückt. Sie ist mit ihrem Auto von der Straße abgekommen und in die Schlucht gestürzt.

Was aber genauso schrecklich ist. Doris, Iris und Vanessa sind mittellos.

Was meinst du damit? Fragend schaute er sie an.

Alle drei sind wie ich nicht verheiratet und haben einen Freund. Irgendwie ist es ihren Freunden gelungen, an ihren Besitz und ihr Vermögen zu kommen. Sie müssen ihnen die Übertragungsurkunden irgendwie untergeschoben haben. Wer kontrolliert denn immer alles nach, wenn man eine Unterschrift leisten muss. Zumal, wenn man sie dem Freund gibt.

In das Grundbuchamt ist der Eigentümerwechsel auch schon eingetragen.

Ich denke, dass die drei das von langer Hand geplant haben.

Er wandte sich an sie, die wie ein Häufchen Elend auf dem Sofa saßen. Habt ihr ein Bild von ihnen?

Schluchzend nickten sie und kramten in ihrer Handtasche nach und gaben ihm die Bilder.

Er stutzte und sah nachdenklich vor sich hin.

Dolores, die dies bemerkte, sprach ihn darauf an.

Was ist denn?

Warum bist du plötzlich so still?

Ich habe die drei schon irgendwo einmal gesehen, sagte er. Aber ich weiß nicht mehr wo.

Vielleicht auf ...
Plötzlich hielt er inne. Zu Dolores gewandt sagte er: Hast du die Aufnahmen von meinem Handy schon übergeben?
Dazu bin ich noch nicht gekommen, weil Iris mich ja gleich angerufen hat. Wieso fragst du? Du meinst doch nicht ...?
Doch, genau das meine ich, sagte er. Dabei holte er sein Handy heraus und ließ die betreffende Aufnahme abspielen.
Dolores sah ihm dabei über die Schulter. Jetzt haben wir sie, sagte sie, und jubelte dabei.
Hoffnungsvoll schauten sie Ruth, Iris und Vanessa an.
Ihr erinnert euch doch, dass ich euch von dem Raubüberfall auf mein Juweliergeschäft erzählt habe.
Alle drei nickten.
Das waren die drei.
Du meinst, das waren unsere Jungs, sagte Vanessa.
Können wir die Aufzeichnung sehen?
Danach wusste Johnny nicht, wie ihm geschah. Er wurde gedrückt und geküsst. Kurz, es wollte kein Ende nehmen.
Nun mal langsam, Mädels, sagte er. Am besten, ihr setzt euch.
Zögernd kamen sie seiner Aufforderung nach und setzten sich.

Zu den dreien gewandt sagte er: Ihr seid noch lange nicht aus dem Schneider. Es hat sich rein gar nichts geändert. Euer Besitz und euer Vermögen sind nach wie vor weg. Und wenn wir die drei jetzt der Polizei ausliefern, dann ist auf Jahre hinaus rein gar nichts mehr möglich. Die werden abgeurteilt und kommen in das Gefängnis und mit einem guten Anwalt und guter Führung sind sie nach ein paar Jahren wieder draußen. Das hilft euch überhaupt nicht weiter.

Es dauerte einen Moment, bis sie es begriffen hatten und danach heulten sie wieder los.

Hast du eine Idee?, fragte Dolores.

Ich muss nachdenken, sagte er und ging auf die Terrasse.

Das war schon eine verfahrene Situation, dachte er. Wenn da gar nichts mehr zu machen war, dann hatten er und Dolores Ruth, Iris und Vanessa in der nächsten Zeit am Hals. Er mit vier Weibern zusammen. Das geht nicht gut. Ich muss versuchen, dass die drei ihr Vermögen wiederbekommen. Aber wie?

Er lief dabei ein paar Mal hin und her.

Während er dies tat, wurde er von den vier Frauen beobachtet.

Glaubst du, er kann uns helfen?, fragte Iris.

Ich weiß es nicht, sagte Dolores, ich weiß es wirklich nicht. Dafür kenne ich ihn noch zu wenig. Wir kennen uns ja erst seit kurzem. Aber mein Gefühl sagt ja. Und darauf habe ich mich bis jetzt schon immer verlassen können.

Sie blickte auf die Terrasse und sah ihn wieder hereinkommen.

Er sah Dolores an. Ich werde meine Freunde anrufen und sie um Hilfe bitten. Wenn wir alles wieder zurückbekommen wollen, brauchen wir ihre Unterstützung. Es müssen Leute sein, die eure Ex nicht kennen. Seid ihr damit einverstanden?

Was bleibt uns denn anderes übrig?, sagte Ruth. Rufe sie an. Sie sollen herkommen. Die anderen nickten zustimmend.

Er wählte die Rufnummer von Karl. Hallo, Karl, hier ist Johnny. Ich brauche eure Hilfe.

Bitte rufe die anderen zusammen. Ich bin bei meiner Freundin in Seedorf. Treffen wir uns hier. Die Adresse ist Parkstr. 55 bei Berger.

Alles klar?

Ja, Johnny, ich denke schon. Bis später.

Es war so gegen 3 Uhr, als seine Freunde von Hermine auf die Terrasse geführt wurden, wo Johnny und die Frauen saßen. Bei ihrem Anblick stand er auf und begrüßte sie. Danach stellte er sie Dolores vor.

Das, mein Schatz, sind meine Freunde. Das ist Lore und dieses junge Fräulein ist Susi. Sie gab ihnen die Hand und musterte sie prüfend. In den paar Sekunden hatte sie intuitiv erfasst, dass sie auf die beiden ein Auge werfen musste. Die lassen bestimmt keine Gelegenheit aus. Da muss ich aber auf Johnny doppelt aufpassen.

Dieser stattliche Herr ist Karl. Sehr erfreut, gnädige Frau, sagte Karl etwas linkisch und gab ihr einen Handkuss. Dolores lächelte amüsiert und sah gekonnt darüber hinweg, dass man im Allgemeinen einen Handkuss nur in geschlossenen Räumen gab.

Und dieser junge Mann ist Rico.

Anschließend machte er sie mit Ruth, Iris und Vanessa bekannt.

Ihm kam es so vor, als wenn es zwischen Rico und Vanessa sofort gefunkt hätte. Er blickte kurz zu Dolores und sah, wie sie unmerklich nickte. Sie hat es also auch bemerkt, dachte er. Sie ist eine gute Beobachterin.

Dann werde ich gleich zur Sache kommen, begann er.

Ruth, Iris und Vanessa hatten bis vor kurzem ein festes Verhältnis. Alle drei wurden von ihren Freunden regelrecht abgezockt. Dabei haben alle drei ihr gesamtes Vermögen verloren. Mein Plan ist es, es ihnen wieder zurückzuholen. Dabei brauche ich euch. Karl hat seine Stärken im Entwickeln von Strategien und ihr drei habt den Vorteil, dass ihr diesen Halunken unbekannt seid. Das dürfte uns die Sache sehr erleichtern. Da ihr beide – damit wies er auf Lore und Susi – äußerst attraktiv seid, dürfte es euch nicht schwerfallen, Kontakt mit den dreien aufzunehmen. Zuvor müssen wir aber einen Plan entwickeln und dabei habe ich an dich gedacht, Karl.

Was meint ihr dazu? Wollt ihr ihnen helfen?

Natürlich helfen wir. Das ist gar keine Frage. Endlich mal eine Aufgabe, die Spaß, macht nickten sie zustimmend.

Was meinst du, Karl? Wie sollten wir deiner Meinung nach vorgehen?

Nun, als Erstes müssten die drei Damen uns Informationen über ihre Ex besorgen. Wie ihre Gewohnheiten sind – einfach alles. Am besten in schriftlicher Form. Außerdem benötigen wir noch ein aktuelles Bild von den Männern.

Was uns dabei noch entgegenkommt, ist die Tatsache, dass ich mit Lore zwar verheiratet bin, wir uns aber scheiden lassen. Da hat sie den nötigen Spielraum, wenn es die Situation erfordert. Bei Rico und Susi ist es weniger kompliziert. Die beiden sind nicht verheiratet und waren bis vor kurzem ein Paar, so dass auch hier der nötige Spielraum gewährleistet ist.

Während er dies sagte, hatte Dolores ihre Freundinnen heimlich beobachtet. Ihr war das beginnende Interesse von Ruth an Karl nicht entgangen. Und bei Vanessa hatten sich ihre Nasenflügel wie die Nüstern einer läufigen Stute gebläht.

Auch Johnny war das nicht entgangen. Verstohlen schielte er wiederum zu Dolores hin, die unmerklich lächelte.

Daher schlage ich vor, dass sie jetzt die Profile über ihre Ex zusammenstellen. Anschließend werden wir einen Plan erarbeiten, wie wir am besten gegen die drei vorgehen, sagte Karl.

Da ist noch etwas, sagte Johnny. Ihr werdet euch doch bestimmt erinnern, dass vor ein paar Tagen ein Juweliergeschäft ausgeraubt worden ist. Das waren diese drei. Von dem Überfall haben wir eine Handyaufnahme. Wenn die damals gewusst hätten, dass ihnen das Vermögen ihrer Angebeteten einfach so in den Schoß fällt, dann wären sie dieses Risiko bestimmt nicht eingegangen. Allerdings können wir damit noch nicht zur Polizei gehen, denn dann wäre das ganze Vermögen auf unbestimmte Zeit blockiert. Wenn wir alles wieder rückgängig gemacht haben, dann können wir sie uns auf ganz elegante Art entledigen.

So machen wir es, sagte Karl. Meine Damen, fangen sie an.

Ruth, Iris und Vanessa nickten und standen auf.

Wir können uns zwischenzeitlich schon mal Gedanken darüber machen, wie wir vorgehen könnten. Ich will Vorschläge hören, sagte er und blickte auffordernd in die Runde.

Freiwillig werden die nichts herausgeben. Da werden wir schon ein wenig nachhelfen müssen, sagte Ruth.

Da muss ich ihr recht geben, sagte Susi. Die werden es erst zurückgeben, wenn wir sie in der Hand, sprich an den Eiern haben.

Alle schauten Susi an.

An was du immer so denkst. Lore spielte die Entrüstete.

Ja, das stimmt, kicherte Rico, ich könnte ein Lied davon singen.

Ach ihr, winkte Susi ab.

Karl schaute Johnny an.

Welchen Vorschlag hast du?

Ich denke, sagte Johnny, dass eine Option die wäre, dass Susi ein Techtelmechtel mit einem dieser Typen anfängt. Dann spielt Rico den eifersüchtigen Liebhaber und dann, wenn er ihn in die Mangel genommen und weichgeklopft hat, dann muss er die Verträge unterschreiben.

Dasselbe machst du und Lore sowie ich und Dolores.

Das wäre eine Möglichkeit, sagte Karl. Da müssen unsere Damen aber ihre Anwälte kontaktieren, damit sie die Verträge aufsetzen. Die halten wir dann den dreien unter die Nase, damit sie unterschreiben. Wenn das ganze fix ist, dann lassen wir sie hopsgehen.

So könnte es gehen. Warten wir ab, ob sich nicht noch andere Möglichkeiten aus den Profilen ergeben.

Karl sah in die Runde. Jeder, den er ansah, nickte. Er schaute Dolores an. Wenn ich von ihren Freundinnen die Profile der Männer habe, werde ich an die Ausarbeitung der Pläne gehen.

Bis dahin können wir uns ein wenig näher kennenlernen.

Erzählen Sie uns am besten, wie Sie unseren Johnny kennengelernt haben, sagte Rico und blickte Dolores an.

Als diese daran dachte, lachte sie laut auf. Ja, das war schon amüsant, sagte sie.

Sie sah, wie Johnny unruhig wurde.

Ich habe ihn im Maybee's kennengelernt, sagte sie.

Im Maybee's. Lore hatte erstaunt diesen Ausruf gemacht. Das ist aber der teuerste Laden in der Stadt. Was hast du denn gekauft? Raus mit der Sprache.

Nun ich ..., druckste er herum. Was man halt so tut, wenn man einkaufen geht.

Darf ich die sexy Unterwäsche mal sehen?, sagte Susi, die das alles gleich geschnallt hatte. Ich will sehen, was für einen Geschmack du hast.

Das könnte auch mir hilfreich sein, sagte Rico.
He Junge, was geht so ab in der Stadt, sagte er.
Darauf lachten alle und als sie sein Gesicht sahen, noch mehr.
Lasst mir meinen Johnny in Ruhe, sagte Dolores.
Er schaute sie dankbar an, denn er wusste im Moment nicht, wie er sich aus der Situation lavieren konnte.
Ich schlage vor, dass wir ein wenig essen, dann können wir uns später gleich an die Arbeit machen, sagte Dolores.
Als alle nickten, klingelte sie und Hermine kam herein.
Machen Sie uns doch etwas zu essen. Wir werden es auf der Terrasse einnehmen.
Sehr wohl, gnädige Frau, sagte sie und verschwand.
Ich glaube, aus dem kriegen wir nichts heraus, sagte Lore, die das Gespräch wieder auf das letzte Thema brachte. Johnny ist unbestechlich. Der nimmt noch nicht mal Vernunft an. Nicht wahr?
Und wieder lachten sie.
Dolores, die neben ihm saß, drückte ihn an ihre Brust, was sofort seinen Larry auf den Plan rief. Johnny streckte kurz seine Zunge heraus und wühlte in Dolores' Brustspalte.
Sie begriff sofort und gab ihn frei.
Sie sah Karl an. Haben Sie schon irgendwelche

Vorstellungen, wie wir die bösen Jungs aufs Kreuz legen?

Nun, es gibt verschiedene Möglichkeiten. Ich denke aber, dass wir uns nach den Gewohnheiten jedes Einzelnen richten müssen. Ist einer ein Schürzenjäger, dann kommen Lore und Susi zum Einsatz. Aber warten wir es einfach ab, bis wir ein Profil von jedem Einzelnen haben.

Zwischenzeitlich hatte Hermine den Tisch gedeckt. Ruth, Iris und Vanessa hatten auch ihre Arbeit beendet und setzten sich zu den anderen.

Bitte greifen Sie zu, sagte Dolores. Da Johnnys Freunde solche teuren Speisen noch nicht gegessen hatten, langten sie ordentlich zu. Kaviar, Lachs, Hummer und, und, und.

Nachdem sie gegessen hatten, stand Dolores auf und ging in das Haus.

Kurz danach kam Hermine auf die Terrasse und sagte zu Johnny: Die gnädige Frau wünscht Sie zu sprechen.

Ich komme, sagte er und erhob sich. Zu den anderen gewandt sagte er: Erholt euch, Freunde, und genießt diese Zeit. Wir werden in den nächsten Tagen viel zu tun haben.

Sie sollen zu ihr hochkommen, sagte Hermine zu ihm, als er den Salon betreten hatte.

Während er die Treppe hochging, dachte er, das trifft sich gut.

Hochkommen. Mein Larry denkt an nichts anderes.

Als er sie nirgends entdecken konnte, blieb nur noch das Schlafzimmer übrig, das er noch nicht durchsucht hatte.

Als er die Tür öffnete, blieb er wie vom Donner gerührt stehen. Dolores war nackt und stand vor dem Bett, die Arme hatte sie auf dem Bett aufgestützt, so dass sie ihm ihr weibliches Hinterteil einladend entgegenstreckte. Sie ist genauso heiß, wie ich dachte er. Ihre Muschi ist schon ganz feucht. Das kann ich an ihren Liebestropfen erkennen. Schnell hatte er sich seiner Kleider entledigt und war mit drei schnellen Schritten bei ihr, wo er ohne Vorwarnung in sie eindrang. Sofort hämmerte er auf sie los. Beide sprachen kein Wort. Man hörte nur sein Keuchen und ihr Stöhnen. Beide gaben sich ungehindert ihrer Lust hin.

Johnny nahm einen Stellungswechsel vor. Er warf sie bäuchlings auf das Bett und schob ihr ein Kissen unter das Becken, womit ihr Po ein wenig gehoben wurde. Sofort drang er wieder in sie ein.

Stütz dich auf die Ellenbogen, keuchte er. Als sie das getan hatte, fasste er von der Seite an ihre Brüste und hielt sich daran fest, während er sie richtig hart rammelte. Plötzlich merkte er, wie sich sein Höhepunkt ankündigte. Ah, stöhnte er ihr ins Ohr. Ich komme gleich.

Ich will deinen Samen, sagte sie.

Er ließ sich zur Seite fallen, während sie Larry mit dem Mund bearbeitete.

Es kommt, stöhnte er und hob dabei sein Becken in die Höhe.

Ahhh, ahhhh.

Begierig schluckte Dolores sein Sperma und vergeudete keinen Tropfen.

Danach schaute er sie entspannt an. Das hast du gut gemacht, mein Schatz.

Da bist du mir aber noch was schuldig, sagte sie. Ihr Männer kommt dabei immer auf eure Kosten und wir Frauen schauen dabei in die Röhre. Pech für uns Frauen, wenn wir einen Rammelbiber erwischt haben. Leider gibt es von denen so viele wie Sand am Meer.

Ich verspreche dir, dass ich mich demnächst bei dir revanchieren werde, sagte er und gab ihr einen Kuss auf den Mund. Jetzt müssen wir uns aber beeilen, dass wir zu den anderen kommen.

Wir treffen uns unten.

Nachdem er sich angezogen hatte, ging er die Treppe hinab und gesellte sich wieder zu den anderen.

Sind die Mädels schon fertig?, fragte er.

Nein, noch nicht, erwiderte Karl.

Als Dolores sich zu ihnen gesellte, sagte Karl zu ihr:

Am besten, Sie machen für jeden von uns eine Kopie, dann können wir das alle in Ruhe durchlesen und anschließend jeder seine Vorschläge machen.

Eine gute Idee, sagte Dolores. Eine Flip-Chart-Tafel habe ich auch.

Nach zehn Minuten hatte jeder von ihnen das Persönlichkeitsprofil von den drei Männern. Schweigend lasen sie es.

Karl sah in die Runde. Was meint ihr?, sagte er und schaute in die Runde. Wir fangen am besten von links an. Lore, was meinst du?

Alle Blicke richteten sich auf sie.

Lore schluckte. War sie es doch so nicht gewohnt, dass sie mit einem Mal so eine Aufmerksamkeit hatte. Sie fing sich aber schnell.

Ich schlage Folgendes vor:

Bei Bernie: Der steht auf eine große Frau mit großen Brüsten. Da ich derselbe Typ wie Ruth bin, werde wohl ich zum Einsatz kommen.

Bei Ralph: Der steht auf kleine zierliche Frauen. Das wäre ein Fall für Susi.

Bei Adam: Bleibt wohl nur Dolores. Sie kommt vom Typ her Vanessa am nächsten.

Die anderen stimmten ihr zu. Kommt gar nicht in Frage, stieß Johnny erregt hervor. Ich soll meine Dolores so einem Typen wie dem vor die Krallen werfen? Womöglich besteigt er sie gleich noch in der ersten Stunde.

Amüsiert hatte Dolores den Wutausbruch ihres Lieblings beobachtet. War sie doch gerührt, wie er sie für sich beanspruchte und somit voll und ganz zu ihr stand. Der ist ja richtig eifersüchtig. Und wie süß er ausschaut mit seinem hochroten Kopf. Erregt stand er vor ihr. Wie stehst du dazu? Lauernd sah er sie an.

Nun beruhige dich erst mal und setz dich. Dabei schlug sie leicht mit der Hand auf das Kissen des Sessels.

Widerwillig nahm er Platz. Hör zu, sagte sie an ihn gewandt. Wir waren uns von Anfang an klar, dass das kein Spaziergang wird. Und du hast die Idee gehabt, dass wir uns von den drei Kerlen das Ganze wieder zurückholen. Aber sei unbesorgt, mein Lieber, ich kann mich schon wehren. Und schlafen werde ich mit dem auch nicht. Das kannst du mir glauben. Du bist derjenige, den ich haben will. Ist das klar?

Schon klar, brummelte Johnny wenig begeistert vor sich hin.

Ich denke, dass Lore recht hat, sagte Karl. Jetzt müssen wir nur noch die Vorgehensweise besprechen.

Bernie ist ein Zocker. Das heißt, er pokert gerne. Da weiß ich zwei Kumpels, die ihn hopsnehmen

können. Allerdings müssten wir jedem der beiden 50.000 Prämie versprechen. Wäre das in Ordnung?
Er sah Ruth dabei an.
Wenn ich mein Geld und meinen Besitz wiederbekomme, ist das das Geringste, sagte sie.
Also wäre das klar.
Meinst du mit deinen Kumpels die Braun-Brüder?, sagte Lore.
Genau die, sagte Karl. Und da Bernie auf große, gut bebuste Frauen steht, wirst du die Freundin von Ede sein. Während des Pokerns wirst du Bernie ein wenig aus der Konzentration bringen.

Der Nächste ist Ralph.
Da er ein Weiberheld ist, wird Susi ihn zur Strecke bringen. Wir werden den klassischen Fall nehmen. Wir wissen, dass er jeden Tag dieselbe Strecke in die Stadt fährt, da er ein Gewohnheitsmensch ist. Eine hübsche junge Frau mit einem Porsche hat eine Panne und steht hilflos und aufreizend an der Straße. Wir wissen, dass er sich eine solche Gelegenheit nicht entgehen lassen und anhalten wird. Dann fährst du mit ihm am besten zu einer einsamen Hütte, wo wir ihn dann einkassieren.
Haben Sie eine Hütte in den Bergen?
Er hatte die Frage Iris gestellt.
Ja, aber die kennt er schon.
Ich wüsste eine, sagte Dolores. Ein guter Bekann-

ter meiner Eltern hat eine Hütte oben in den Bergen. Meine Eltern waren mit mir als kleines Kind manchmal über das Wochenende dort. Momentan ist sie unbewohnt.

Okay, dann wäre das also auch geklärt.

Jetzt bleibt noch Adam.

Mann, das ist der schwerste Brocken. Karl war dabei aufgestanden und sah ratlos die anderen an. Der säuft nicht, der raucht nicht und der bumst nicht.

Was für einer ist denn das? Fragend schaute er Vanessa an.

Habt ihr es überhaupt schon mal mit einander getrieben?

Bei Karls direkter Frage schaute sie unglücklich drein.

Leider nein. Obwohl er ein ganz hübscher Bursche ist, hat er einen großen Fehler.

Nun spann uns doch nicht auf die Folter, sagten Ruth und Iris wie aus einem Munde.

Er ist schwul.

Was?

Dolores hatte es überrascht ausgestoßen. Wann hast du es gemerkt?

Eigentlich gleich in den ersten Tagen. Ich habe versucht, ihn ins Bett zu kriegen, aber er hat immer blockiert. Danach habe ich ihn zur Rede gestellt und da hat er es mir gesagt. Ich habe ihm aus dem einen Grunde nicht den Laufpass gegeben, weil man mit ihm gut reden konnte.

Auf welche Typen steht er?, fragte Susi und beugte sich dabei leicht nach vorne.

Auf einen schlanken dunklen Lover.

Wie auf Kommando schauten alle auf Rico.

Dieser schluckte plötzlich und fuhr wie von einer Tarantel gestochen von seinem Sitz auf.

Kommt gar nicht in Frage. Vergesst es. Er hatte einen hochroten Kopf. An so etwas nur zu denken. Ich bin auf Frauen fixiert und nicht auf Kerle.

Pfui Teufel.

Beruhige dich, sagte Johnny und stand ebenfalls auf.

Ich soll mich beruhigen. Dann hechte du dich doch auf diesen Scheißer. Wer hat sich denn eben erst aufgeregt, als seine Dolores mit dem Kerl schlafen sollte? Wer war das denn?

Langsam, Rico. Beruhige dich erst mal und hör einfach nur zu. Du brauchst nicht mit ihm zu schlafen, nur anbaggern.

Und dabei soll ich mich anfassen lassen und rumschmusen mit diesem Kerl. Abgelehnt.

Sag mal, sagte Johnny.

Gefällt dir Vanessa nicht?

Was hat Vanessa damit zu tun?

Uns ist nicht entgangen, dass du ein Auge auf

Vanessa geworfen hast. Und da du und Susi euch getrennt habt, hättest du freie Fahrt. Ist sie dir das nicht wert? Schau sie dir an.

Sie schauten auf Vanessa, die wie ein Häufchen Elend dasaß.

Ohne ein Wort ging Rico in den Park.

Lasst ihn gehen, sagte Susi. Ich kenne ihn. Im Grunde ist er schon bereit, aber er muss sich erst noch mit dem Gedanken anfreunden. Schweigend hingen sie ihren Gedanken nach. Nach einer Weile sahen sie Rico zurückkommen.

Also gut, sagte er. Ich tue es. Aber, wenn der Kerl mir ans Fell will, dann haue ich ihm ein paar auf sein Geweih.

Gut, sagte Karl, das Grobe hätten wir geklärt. Ich werde morgen darangehen und die Einzelheiten ausarbeiten. Lore, Susi, Rico und Johnny werden mir dabei helfen. Ich werde euch anrufen, wenn ihr Einzelheiten über bestimmte Dinge herausfinden oder Örtlichkeiten suchen müsst. Ab sofort ist das Handy Pflicht. Ich muss euch jederzeit erreichen können. Und keine Ausreden. Ist das klar?

Er sah, wie alle zustimmend nickten.

Er sah Dolores an. Wir müssen damit rechnen, dass ihre Ex sie rauswerfen. Sollte das der Fall sein, können sie dann bei ihnen wohnen.

Natürlich. Dolores nickte und sah ihre Freundinnen an.

Erst jetzt wurde denen richtig bewusst, wie ernst ihre Lage war. Wie auf Kommando fingen alle drei an zu heulen.

Operation Nussknacker

Johnny war mit Dolores allein. Sie lagen beide auf einer breiten Liege. Es ist schon tragisch, was denen da passiert ist, sagte Johnny. Sie waren einfach zu verliebt und daher zu gutgläubig. Wird das bei uns auch geschehen, mein Schatz? Er fuhr hoch. Sag mal, für was hältst du mich eigentlich? So was würde mir nie im Traum einfallen. Da habe ich schon meine Prinzipien. Die Mädels haben Fehler gemacht.

Wie meinst du das?

Wenn man etwas unterschreibt, dann sollte man sich das schon etwas genauer betrachten. Die müssen blind vor Liebe alles unterschrieben haben. Und dann haben sie meiner Meinung nach keine Vorsorge getroffen. Ich hätte an ihrer Stelle nur für ihn ein Konto angelegt, auf das jeden Monat ein gewisser monatlicher Betrag überwiesen wird. Dann hätte er sozusagen ein monatliches Taschengeld gehabt. Alles andere wäre dann wie bisher von ihrem Konto abgegangen. Diese Kosten hätten sie unter Kontrolle gehabt. Alles wäre für sie überschaubar gewesen.

Wenn er sich beschwert hätte, dann hätten sie erwidern können, dass, solange er mit ihnen zusammen ist, alle Annehmlichkeiten hätte, die sie bieten könnten.

Das kannst du für uns beide so einführen, sagte er zu ihr.
Ein Konto für mich, auf denen ein paar Dollars sind, wäre angenehm. Dann bräuchte ich nicht um jede Sache betteln. Du weißt ja, dass ich arbeitslos bin. Aber jetzt habe ich ja bei dir eine Anstellung gefunden.
Was für eine Anstellung?, rief sie erstaunt.
Als Bezirksbefruchter. Als er das gesagt hatte, grinste er sie wieder mit seinem frechen Lächeln an, das sie an ihm so sehr liebte. Bevor sie protestieren konnte, drückte er ihr einen langen Kuss auf den Mund.
Bezirksbefruchter, stammelte sie fassungslos, als er den Kuss beendet hatte. So sah er das also. Sie zog die Augenbrauen ein wenig zusammen. Bevor sie ihrer Entrüstung Luft machen konnte, stand er auf und ging nach oben.
Sie sah ihm nach. Verstehe einer die Männer.

Am nächsten Tag, so gegen Mittag, rief Karl an und wollte Dolores sprechen. Ich schlage vor, dass Sie schon mal mit Iris zu der Hütte fahren, damit sie den Weg weiß. Nehmen Sie alles mit, damit alles schon mal da ist, was man für ein Rendezvous so braucht. Zeigen Sie ihr die örtlichen Gegebenheiten, damit sie Bescheid weiß.
Gibt es einen Verwalter?

Soviel ich weiß ja, sagte sie.

Am besten, wir weihen ihn nicht ein. Je weniger Leute von unserer Aktion wissen, umso besser. Bereiten Sie Iris aber vor, wenn er wider Erwarten doch auftauchen sollte.

Am besten, Sie und Iris erledigen das heute. Vielleicht müssen wir schnell reagieren. Da ist es besser, wenn schon alles vorbereitet ist. Wenn Sie alles erledigt haben, dann geben Sie mir Bescheid. Da fällt mir noch etwas ein: Sehen Sie eine Möglichkeit, wo wir die drei einsperren können?

Die Berghütte, die ich Iris zeige, hat einen Keller, sagte sie. Dort ist ein Raum als Hundezwinger umgebaut. Da werden die drei meinen, dass sie in einem Gefängnis wären.

Gut, das werde ich mir bei Gelegenheit ansehen.

In Ordnung, hörte Johnny Sie sagen. Sie beendete das Gespräch. Ich muss weg, sagte sie. Karl hat angerufen. Ich soll mit Iris zur Berghütte hochfahren und ihr alles zeigen, was sie wissen muss. Sie kam zu Johnny und gab ihm einen flüchtigen Kuss. Wenig später war sie verschwunden. Er sah sie den ganzen Tag und die darauffolgende Nacht nicht mehr.

Dolores war ungefähr seit einer halben Stunde weg, als sein Handy klingelte.

Es war Karl.

Hör zu, sagte er. Du fährst sofort in das Hotel »Berlin«. Dort befindet sich momentan Bernie. Du wirst zufällig seine Bekanntschaft machen. Dann wirst du ihm erzählen, dass du zwei Jungs kennst, die noch einen Pokerspieler suchen.

Wenn er aber nicht darauf eingeht?, wandte er ein.

Das wird er. So wie ihn Ruth beschrieben hat, wird er nicht nein sagen können. So einer wie er lässt eine solche Gelegenheit nicht aus. Gerade jetzt, wo er es sich leisten kann. Mit Ruths Millionen im Rücken. Sollte es wider Erwarten doch geschehen, dann musst du improvisieren.

Als Termin gibst du den Samstag 20.00 Uhr an. Sag ihm, dass du ihn zu dem Treffpunkt bringst. Hole ihn dann um 19.00 Uhr ab und fahre mit ihm zu der Hütte.

Ich werde dafür sorgen, dass die Braun-Brüder und Lore bereits dort sind. Er muss unbedingt allein kommen. Ist das klar, Johnny?

Schon kapiert, Karl.

Ich versuche alle drei Aktionen auf einen Tag zu legen. Wenn du deine Aufgabe erledigt hast, dann fährst du beim Hobbyladen in der Kaiserstraße vorbei. Weißt du, wo das ist?

Ja, Karl.

Dort holst du etwas ab, das ich bestellt habe und was nur Insider bekommen. Wir werden die Berghütte mit Minikameras und Wanzen bestücken.

Danach kommst du zu mir und wir fahren sofort zur Berghütte. Ich nehme an, dass du den Weg dorthin nicht kennst.

Das ist richtig.

Dann werden wir den Weg unterwegs bei Dolores abfragen. Noch irgendwelche Fragen?

Nein, Karl. Bis dann.

Bis später, sagte Karl und legte auf.

Johnny setzte sich in seinen Wagen. Er benötigte eine gute dreiviertel Stunde, bis er sein Auto auf dem Parkplatz des Hotels abstellte.

Er schloss seinen Wagen ab und begab sich zum Hotel. Er musste durch eine Drehtüre gehen, um in das Innere zu gelangen. Er begab sich umgehend zur Bar. Da sich dort zu diesem Zeitpunkt nur eine Handvoll Gäste aufhielt, entdeckte er Bernie sofort. Er saß auf einem Barhocker neben einem jungen Mädchen mit schwarzen Haaren. Er setzte sich zwei Barhocker weiter neben Bernie.

Der Barkeeper kam zu ihm und er bestellte ein Bitter Lemon.

Er konzentrierte sich auf das Gespräch, das Bernie mit seiner jungen Begleiterin führte. Ihm war aufgefallen, als er die Bar betrat, dass das Mädchen pausenlos kicherte. Bernie schien ein unterhaltsamer Mann zu sein. Verstohlen musterte er ihn. Er war von kräftiger Statur und hatte schon den leichten Ansatz eines Bäuchleins. Er hatte lange

Haare, die er nach hinten zu einem Pferdeschwanz zusammengebunden hatte. Noch so ein Angeber der Marke »Möchtegern-Casanova«, dachte er. Er hatte lange weiße Hosen und ein buntes Hemd an. Ein Paradiesvogel. Dieser Typ hatte bei ihm schon verloren. Was Ruth nur an solch einem Kerl gefunden haben mag.

Er hielt plötzlich in seinen Betrachtungen und Überlegungen inne, weil das Gespräch einen Verlauf genommen hatte, der ihn brennend interessierte und von dem anscheinend auch Ruth nichts wusste.

Er konzentrierte sich auf das Gespräch nebenan und drehte mit seiner rechten Hand langsam das Glas mit Bitter-Lemon herum und tat so, als würde er angestrengt über etwas nachdenken.

Ich halte mich mit Kampfsport fit, sagte Bernie. Man muss schon etwas für seine Figur tun. Ich merke, wie sich bei mir ein kleines Bäuchlein meldet. Noch lieber ist mir aber der Wettkampf zwischen Mann und Frau, wenn du weißt, was ich meine. Darauf habe ich nur gewartet, sagte das Mädchen und kicherte wieder.

Ich muss aufpassen, dachte Johnny. Das Gespräch hatte einen Verlauf genommen der ihm nicht behagte. Wenn die Rede auf dieses Thema kam, dann konnte es sehr schnell passieren, dass die beiden in der Kiste landeten. Das würde den ganzen Plan von Karl durcheinanderbringen. Er müsste dann eine zweite Gelegenheit abwarten, wozu er aber keine Lust hatte.

Er gab dem Barkeeper ein Zeichen, dass er zu ihm kommen sollte. Entschuldigen Sie, sagte er zu ihm. Er hatte absichtlich ein wenig lauter gesprochen, damit ihn auch Bernie verstehen konnte. Wissen Sie vielleicht jemanden, der gerne am Samstagabend eine Runde pokern würde?

Tut mir leid, da kann ich Ihnen nicht weiterhelfen, schüttelte der Barkeeper bedauernd den Kopf. Aber vielleicht hat dieser Herr Interesse?

Bernie hatte seinen Kopf Johnny zugewendet, als er den Barkeeper über einen Pokerpartner fragte.

Sie suchen jemanden zum Pokern?

Johnny wandte sich ihm zu. Ja, den suche ich. Ich organisiere Pokerrunden. Zwei habe ich schon. Mir fehlt nur noch der dritte Mann. Wären Sie interessiert?

Darüber könnte man reden, sagte Bernie. Sagen Sie mir mal die Bedingungen.

Die Pokerrunde hat nur drei Spieler. Mehr wollen die beiden anderen nicht. Es wird Texas Holdem gespielt. Kein Limit. Die Runde findet am Samstagabend um acht Uhr statt. Ich würde Sie um sieben vor dem Hotel abholen.

Sind Sie interessiert?

Und ob ich das bin, sagte Bernie. Ich habe schon

lange keinen Pokerabend mehr gehabt. Da freue ich mich richtig darauf.

Gut, sagte Johnny. Sie müssen aber alleine kommen. Ist das in Ordnung?

Das ist jetzt aber nicht dein Ernst, schmollte Bernies Begleiterin. Das kannst du doch nicht tun. Was soll ich denn am Samstagabend allein machen?

Dir wird schon was einfallen Süße, sagte Bernie.

Da bin ich aber erleichtert, sagte er zu Bernie.

Wie heißt du überhaupt?, sagte Bernie.

Johnny. Mehr wird nicht verraten. Das ist auch mit den anderen so. Ist das für dich okay?

Damit habe ich kein Problem, sagte er. Das ist auch mir recht so. Ich heiße Bernie.

Okay, Bernie. Er bezahlte seinen Drink und verabschiedete sich von Bernie.

Anschließend holte er, wie mit Karl vereinbart, die bestellten Sachen beim Hobbyladen ab und fuhr zu ihm.

Karl hatte beschlossen, dass sie sich doch alle in der Berghütte treffen sollten. Als er ihnen die Uhrzeit mitgeteilt hatte, hatten alle protestiert. Hast du noch alle Tassen im Schrank?, hatte ihm seine Noch-Ehefrau Lore am Telefon gesagt. Um acht Uhr morgen früh? Da stehe ich, wie du vielleicht weißt, erst auf.

Rede keinen Mist, hatte er sie angeschnauzt. Du wirst doch einmal deinen Arsch etwas früher aus dem Bett hieven können. Wir brauchen die Zeit, denn wir haben viel zu tun. Das erkläre ich euch aber morgen. Und sei bitte pünktlich. Ist das klar? Ja, meinetwegen. Karl hatte es ihr nicht direkt sagen können, weil er bei Ruth übernachtete. Ihr Ex hatte es vorgezogen in einem Hotel in der Stadt zu übernachten. Er hatte aber unmissverständlich angedeutet, dass das ihr letzter Abend in seinem Haus wäre. Und hatte dabei ein dreckiges Lachen zum Abschied hinterhergesandt. Das sah Bernie ähnlich. Ruth hatte danach getobt wie ein Taifun. Karl hatte sich ganz diskret zurückgezogen und hatte sie wüten lassen.

Nach einer Stunde war sie ganz deprimiert aus dem Zimmer gekommen. Er hatte sie in die Arme genommen und anschließend leichtes Spiel mit ihr gehabt. Schamlos hatte er die Situation ausgenutzt und war mit ihr ins Bett gestiegen. So eine wilde Stute hatte er noch nie gehabt. Nur in seinen wildesten Träumen. Sie tobte sich auf ihm richtig aus und lud ihren ganzen Frust bei ihm ab, was er sehr genoss. Als sie nicht mehr konnte, hatte er sie in verschiedenen Stellungen genommen. Allerdings waren das immer sehr kurze Positionswechsel gewesen, da seine Kondition nicht die allerbeste war, was ihn aber nicht sonderlich störte. Er musste sich über sich selbst wundern, wie sein Schlafsäbel in Form war.

Auch die anderen, die er einbestellte, hatten zwar auch gemotzt, aber er erstickte den Widerspruch gleich im Keim. Keine Diskussion, hatte er ihnen am Telefon gesagt. Und seid pünktlich.
Als alle anwesend waren, kam er auch gleich zum Thema.
Also, Leute, bitte zuhören. Wir werden als Allererstes die Kameras anbringen. Ich denke, dass wir das heute Vormittag erledigt haben. Danach werde ich euch mit den Einzelheiten der Aktionen bekanntmachen, wie wir die drei auffliegen lassen. Also los.
Gegen Mittag hatten sie alles erledigt. Ihre Zentrale, wo alles zusammenlief, hatten sie im Keller eingerichtet. Direkt neben dem Hundezwinger. Die Gefahr, dass jemand außerplanmäßig in den Keller gehen könnte, bestand nicht, da sie die Kellertür abschließen konnten.
Nach dem Mittagessen begann Karl sie mit den Einzelheiten bekanntzumachen.

Unsere erste Aktion wird Ralph sein. An Susi gewandt sagte er: Du wirst morgen früh um neun mit deinem Wagen am Straßenrand stehen und eine Panne vortäuschen. Wenn Ralph wie jeden Morgen zum Golfclub fährt, dann muss er hier vorbeikommen. Und wenn er nicht anhält und einfach weiterfährt?, fragte Susi.

Das wird er nicht, denn du wirst rattenscharf aussehen.

An was hast du denn gedacht? Du wirst den kurzen blauen Minirock mit dem gelben T-Shirt anziehen. Dazu deine Pumps mit den höchsten Absätzen. So wirst du an der Straße stehen und den Daumen hochhalten. Wir werden dir sagen, wenn er kommt.

Johnny, das ist deine Aufgabe. Du beschattest sie und rufst uns zehn Minuten vorher an, wenn die beiden in der Berghütte ankommen. Danach wird Susi ihm einen Drink verabreichen, den wir vorher mit einem Schlafmittel präpariert haben. Das wird ihn in das Reich der Träume schicken. Sollte es nötig sein, dann wirst du auch davon trinken, um unsere Aktion nicht zu gefährden. Wenn er im Reich der Träume ist, werden wir ihn abholen und anschließend fesseln.

Hast du alles verstanden, Susi?

Sie nickte.

Habt ihr noch irgendwelche Fragen?

Johnny und Susi schüttelten den Kopf.

Die nächste Aktion ist Adam.

Rico, das ist dein Einsatz. Hast du dich mit ihm schon angefreundet?

Das habe ich, knurrte er griesgrämig. Der Kerl wollte mir gleich an die Wäsche. Habe ihm gesagt, dass ich ihn erst noch näher kennen müsste um mit ihm in die Kiste zu steigen. Ich wüsste aber, wo wir uns ungestört treffen könnten. Da ist der Kerl noch heißer geworden. Für mich ist es das erste Mal, habe ich ihm gesagt und konnte ihn nur mit Mühe in Schach halten.

Morgen Mittag so gegen zwölf werden wir hier sein. Wenn nur alles schon vorbei wäre. Er schüttelte sich mit Schaudern. Mit einem Kerl. Pah.

Wenn du ihm gleich einen Drink anbietest, dauert es nicht lange, bis er weggetreten ist. Für dich gilt das Gleiche wie für Susi. Im Zweifelsfall trinkst du eben mit, um die Aktion nicht zu gefährden.

Lore wird euch beobachten und uns ebenso wie Johnny zehn Minuten vorher anrufen. Irgendwelche Fragen?

Alles klar, sagten Lore und Rico.

Der schwierigste Fall wird Bernie sein. Johnny holt ihn um 19 Uhr ab und fährt mit ihm hierher. Die Braun-Brüder und Lore werden euch bereits erwarten.

Dann kann das Pokern starten. Ich weiß auch, was Lore anzieht. Die Überfallklamotten, die du damals bei mir angehabt hast. Die müssten dir noch passen. Ist es nicht so?

Lore nickte. Die passen noch.
Da Bernie gerne Whisky trinkt, werden wir auch den mit einem Schlafmittel präparieren. Was mir ein wenig Sorge bereitet, ist, dass Bernie anscheinend wirklich eine Kampfsportart beherrscht. Er ist ein Kickboxer.
Bleibt nur zu hoffen, dass alles gut geht.
Wir sollten am besten alle Flaschen präparieren, sagte Dolores. Wenn einer von denen keine Lust hat sein Lieblinksgetränk zu sich zu nehmen und lieber Wasser oder Orangensaft trinkt, dann sehen wir alt aus.
Du hast recht, sagte Karl. Wir bauen am besten Plan B gleich mit ein. Allerdings werden wir zwei Flaschen nicht präparieren.
Wasser und Orangensaft werden wir kennzeichnen, damit ihr sie erkennen könnt.
Ich werde mit den anderen unten im Keller sein. Über die Monitore können wir alles mitverfolgen und nötigenfalls eingreifen, wenn es nötig sein sollte.
Hat noch irgendjemand Fragen?
Gut, sagte er, als sich niemand meldete. Dann kommen wir zum nächsten Punkt.
Was geschieht mit den dreien, wenn wir sie haben? Und wie läuft das mit den Braun-Brothers?, fragte Iris.
Dazu wollte ich jetzt kommen. Ich habe Ede und

Erwin gesagt, dass sie keine Fragen stellen sollen und vielleicht für eine Stunde Arbeit für jeden 50 Riesen drin ist. Danach haben sie keine Fragen mehr gestellt.
Glaubst du, sie werden das tun?
Das werden sie, Iris, darauf kannst du dich verlassen. Ich habe etwas gegen sie in der Hand. Das habe ich angedeutet, wenn sie sich nicht an den Plan halten.
Wenn wir Bernie, Adam und Ralph haben, dann werden wir sie aufwecken. Ruth, Iris, Vanessa und ich werden Kleider vom Ku-Klux-Klan anziehen. Dann werden wir ihnen die Verträge von dem Anwalt vorlegen, den Iris ausgesucht hat. Iris, du bist dir sicher, dass er das bezeugen wird, dass alles mit rechten Dingen zugegangen ist?
Hab keine Bange, das wird er beziehungsweise sie. Sie ist mir noch einen Gefallen schuldig.
Und wieso glaubst du, dass die drei unterschreiben?
Vanessa hatte diese Frage zweifelnd an Karl gerichtet.
Weil ihr drei euren Ex die Hosen runterzieht und sie im wahrsten Sinne des Wortes an den Eiern habt. Sie werden aber nicht wissen, dass ihr es seid und wem sie das alles überschreiben.
Ihr werdet kein Wort sagen und euch auch nicht in das Licht begeben. Nur ich werde sichtbar sein, sagte Karl.

Das gefällt mir, sagte Ruth und lächelte finster. Iris und Vanessa taten es ihr nach.

Dann hätten wir alles, sagte Karl. Die anderen werden als Reserve bereitstehen.

Anschließend werden wir die Jungs schlafen legen und den früheren Zustand der Hütte wiederherstellen. Dann bekommt die Polizei einen Tipp über die Bankräuber. Die Aufnahmen vom Überfall werden wir der Polizei auf den Tisch legen.

Noch etwas. Es versteht sich wohl von selbst, dass bis morgen früh kein Alkohol getrunken wird. Sind wir uns da alle einig?

Alle nickten Karl zustimmend zu.

Wir fahren jetzt zurück und treffen uns alle bei Dolores.

Den Rest des Tages verbrachten sie am Pool und beschlossen bei Dolores zu übernachten.

Denkt daran: Keinen Alkohol. Und morgen früh pünktlich um sechs zum Frühstück.

Am nächsten Morgen saßen alle pünktlich am Frühstückstisch. Nachdem sie ihr Frühstück beendet hatten, ging Karl noch einmal alles mit ihnen durch.

Anschließend sagte er zu ihnen: Ich bin zufrieden mit euch. Susi und Johnny, ihr fahrt sofort los. Johnny gab Dolores einen langen Kuss. Als sie ihn gestern Abend im Bett fordern wollte, hatte er abgeblockt. Jetzt nicht, hatte er alle ihre Versuche abgewehrt und war standhaft geblieben, worauf er sehr stolz war. Und im Übrigen tat ihm eine kleine Pause ganz gut. Wenn Dolores ihn jeden Tag forderte, dann ging er bald auf dem Zahnfleisch. Er hoffte, dass sich das einpendeln würde. Nicht auszudenken, wenn sie sexsüchtig wäre und er jeden Tag, im wahrsten Sinne des Wortes, seinen Mann stehen müsste.

Er verdrängte diese Gedanken und wandte sich seiner Aufgabe zu. Zusammen mit Susi ging er zu ihren Autos.

Sie stiegen ein und fuhren los. Er fuhr hinter Susi. Kurz bevor sie anhalten sollte, bog er rechts ab und fuhr einen kleinen Weg, der parallel zu der Straße verlief, hoch. Sie hatten diese Stelle ausgewählt, weil er sich so ohne Schwierigkeiten rechts oder links auf der Straße einordnen konnte. Außerdem hatte man einen guten Blick auf die Straße.

Er hatte sich für den BMW entschieden, weil er mithalten wollte, wenn Susi mit dem Porsche das Tempo verschärfen musste.

Er nahm sein Fernglas in die Hand und blickte in die Richtung, aus der Ralph kommen musste. Nach ungefähr zehn Minuten sah er einen roten Ferrari. Er setzte das Fernglas ab und rief Susi an. Zweimal klingeln war das verabredete Zeichen. Er sah, wie sie aus dem Wagen stieg und die Motorhaube aufmachte. Wie verabredet nahm sie den vereinbarten Fehler vor, der leicht zu finden und zu beheben war.

Aufreizend stellte sie sich hin. Die Beine gespreizt, so dass der blaue Minirock ziemlich weit oben war und fast nicht mehr als Rock zu erkennen war. Das gelbe T-Shirt war ziemlich weit ausgeschnitten und zeigte ihre volle Pracht. Die Sonnenbrille hatte sie hochgeschoben und in die Haare gesteckt. Die High Heels gaben ihren wohlgeformten Beinen jenes stramme Aussehen, das die Männer so liebten. Den linken Arm hatte sie in die Hüfte gestemmt. Den rechten Arm streckte sie von sich mit dem typischen Anhalterzeichen. Den Daumen in die Höhe. Jetzt verkörperte sie den Typ Frau, den die Männer in den Hochglanzmagazinen und Männerzeitschriften wie Playboy so liebten und tierisch darauf abfuhren.

Jetzt kam Ralph um die Kurve gefahren.

Halt an, murmelte Johnny, halt an. Kaum hatte er das gedacht, als der Ferrari eine Vollbremsung hinlegte.

Angeber, knurrte Johnny. Er sah, wie der Ferrari auf dem Standstreifen die paar Meter zurückfuhr.

Ralph stieg aus und stolzierte lässig zu Susi hin.

Er sah, wie sich die beiden kurz unterhielten. Danach beugte sich Ralph über den Motor und kurz darauf setzte sich Susi in den Porsche und drehte

den Zündschlüssel herum. Er hörte den typischen Klang. Der Porsche von Susi schnurrte wieder so, wie man es gewohnt ist.
Ralph schloss die Motorhaube und ging zu der Fahrerseite und beugte sich zu ihr hinab. Susi bedankte sich mit einem Kuss.
Danach sah er, wie auch Ralph einstieg. Er beeilte sich ebenfalls in seinen BMW zu kommen. Beide Wagen wendeten und der Ferrari folgte dem Porsche. Er nahm dieselbe Richtung wie die beiden vor ihm und rief Karl an.
Johnny hier. Es scheint geklappt zu haben. Er folgt ihr. Ich rufe in ungefähr 15 Minuten noch mal an.
Verstanden.
Als er die Stimme von Karl erkannt hatte, legte er wieder auf.
Susi fuhr aufreizend langsam. Johnny sah den Ferrari des Öfteren ziemlich dicht aufschließen.
Sie verließen die Stadt und nach zehn Minuten nahm Susi den linken Weg, der in die Berge führte.
Er nahm sein Handy und rief Karl nochmals an. Sie sind eben abgebogen und werden in zehn Minuten bei euch sein.
In Ordnung, sagte Karl. Du kannst deinen Wagen etwas unterhalb von der Hütte neben dem Holzstoß parken.
Wenig später stellte er den BMW neben dem

Holzstoß ab und sah durch die Bäume, wie die beiden ausstiegen und sich in das Haus begaben.

Er ging auf die Rückseite der Hütte. Hütte war leicht untertrieben. Es war ein großes Haus, das in Form einer Blockhütte gebaut war. Er öffnete die Kellertür und schloss sie hinter sich.

Er wurde schon erwartet. Er betrat ihre Gefechtszentrale wie Karl sie in seiner Unterweisung bezeichnet hatte. Auf dem Monitor sah er, wie Ralph und Susi bereits im Nahkampf waren.

Langsam, mein Lieber, langsam. Mann, du gehst aber ran. Ist es nicht besser, wenn wir das Ganze richtig genießen? Oder bist du von der schnellen Truppe?

Komm, lass uns erst mal etwas trinken.

Was möchtest du?, fragte sie.

Ein Kognak wäre nicht schlecht.

Sie ging an die Bar und nahm einen Kognakschwenker und schenkte bis zum Doppelstrich ein. Für sich selbst nahm sie ein Glas Wasser.

Das ist aber nicht gerade berauschend, was du da trinkst.

Das kommt schon noch, sagte sie verführerisch und lächelte ihm zu, als sie anstießen.

Er leerte mit einem Zug sein Glas.

Setz dich hin, sagte sie zu ihm und deutete auf einen Sessel.

Widerwillig nahm er Platz, das war ihm anzumerken. Er wollte viel lieber zur Sache kommen.

Geduld, mein Lieber, Geduld.

Sie stand etwa zwei Meter vor ihm und räkelte sich und machte ihn richtig an, so wie es Stripteasetänzerinnen es tun. Sie bewegte ihren schlanken Körper, als wenn sie auf eine imaginäre Musik tanzen würde. Aus halbgeschlossenen Augenlidern beobachtete sie ihn ziemlich genau und bemerkte, wie das Schlafmittel langsam zu wirken begann.

Ralph schloss die Augen und riss sie wieder auf. Das geschah noch zweimal und danach gab er keinen Laut mehr von sich.

Was ist mit dir?, fragte Susi, so wie sie es vereinbart hatten. Sie ging zu ihm hin und rüttelte ihn an den Schultern. Ralph gab keinen Ton mehr von sich.

Die Tür ging auf und die anderen betraten das Zimmer.

Das hast du gut gemacht. Karl ging zu ihr hin und gab ihr einen Kuss auf die Wange.

Wir bringen ihn gleich runter. Sie sah, wie Johnny, Rico und Karl Ralph in die Höhe hoben und in den Keller trugen.

Lasst mich ihn fesseln, sagte Rico. Ich verstehe etwas davon. Ich war früher bei der Marine und kenne da einige Seemannsknoten, die uns jetzt nützlich sind.

Kurze Zeit später hatte er ihn gefesselt, so dass keine Gefahr bestand, dass er sich befreien konnte.

Rico und Lore, ihr beide seid jetzt dran. Lore, du nimmst den BMW. Rico den Audi.

Wo ist euer Treffpunkt?

Am Bahnhof.

Gut.

Lore und Rico verließen sie. Sie sahen ihnen nach und wenig später waren sie ihren Blicken entschwunden.

Die beiden benötigten etwa 45 Minuten. Als sie dort ankamen, fuhr Lore in eine Parklücke an der Straße. Sie sah, wie Rico auf den Parkplatz vor dem Bahnhof einbog. Sie hörte, wie Rico hupte und einem Mann, der vor einem Auto stand, winkte ihm zu folgen.

Das musste Adam sein. Sie sah ihn schnell in sein Auto einsteigen. Lore ließ ihren Wagen an und folgte den beiden in genügendem Abstand.

Sie ließ ebenso wie Johnny einen kurzen Lockruf an Karl los. Die beiden sind unterwegs. Rico hat gar nicht angehalten, sondern hat ihm zugewunken ihm zu folgen. Alles klar, sagte Karl und beendete das Gespräch.

Nach einer halben Stunde verließen sie die Stadt. Lore folgte in gebührendem Abstand.

Na also, das klappt ja, dachte sie. Rico bog in die Straße ein, die zu der Berghütte führte und Adam folgte ihm.

Sie nahm ihr Handy in die Hand und wählte Karls Nummer.

Sie kommen, sagte sie und legte auf.
Zehn Minuten später stellte sie den BMW neben dem Holzstoß ab.
Sie sah die beiden die Treppe hochgehen und im Haus verschwinden.
Ungesehen betrat sie wenig später den Keller.
Wie läuft es?, fragte sie.
Sieh selbst, sagte Karl.
Ruth sah auf den Monitor und konnte sich ein Schmunzeln nicht verkneifen. Sie sah in die Gesichter der anderen, denen es ebenso erging. Sie wandte ihren Blick wieder auf den Monitor. Sie sah, wie Adam Rico bedrängte. Der versuchte Adam abzuwehren. Nun mal langsam mit den jungen Pferden. Lass uns die Sache langsam angehen.
Wieso langsam, mein Süßer? Ich war gleich auf dich scharf, als ich dich zum ersten Mal gesehen habe. Braungebrannt und gut aussehend mit einem knackigen Körper. Komm, lass uns keine Zeit verlieren, sagte Adam und bedrängte ihn. Rico versuchte ihn abzuwehren. He, mach mal langsam. Wir müssen uns erst mal näher kennenlernen.
Red keinen Quatsch, keuchte Adam und griff nach seinem Arm und zog ihn zu sich her. Ehe sich Rico versah, lag er in Adams Armen, der ihn abküsste.
Mit Mühe konnte sich Rico weiterer Annäherungsversuchunge erwehren. Lass uns erst mal was trinken, keuchte er.

Blödsinn, stieß Adam hervor. Du bist auf mich genauso scharf, wie ich auf dich. Sonst hättest du mich erst gar nicht zu dieser einsamen Berghütte geschleppt.

Das mag ja sein, sagte Rico, dem das Ganze ziemlich unangenehm war. Ich bin einer von der langsamen Sorte.

Ich will aber nicht mehr länger warten, sagte Adam und stürzte sich auf ihn.

Was jetzt kam, war eine wilde Rangelei, die in jeden Hollywoodfilm gepasst hätte.

Adam hatte Rico gepackt und zu Boden geworfen. Rico wehrte sich nach allen Kräften. Körperlich war er Adam unterlegen. Im Bodenkampf hatte er gegen ihn keine Chance.

Hör auf, keuchte er, oder ich hau dir ein paar in die Fresse, dann läuft gar nichts.

Adam hielt inne. Zier dich doch nicht so. Ich bin es nicht gewohnt, einen Korb zu kriegen. Dann ist es jetzt das erste Mal, sagte Rico.

Keuchend erhob er sich. Lass uns einen Drink nehmen, sagte er zu ihm. Er ging zur Bar. Was willst du trinken?

Gib mir einen Scotch. Den brauche ich jetzt erst mal nach deiner Abfuhr.

Rico gab ihm keine Antwort und schenkte ihm einen doppelten Scotch in das Glas.

Er nahm die Wasserflasche.

Kommt gar nicht in Frage, protestierte Adam. Du nimmst aber auch einen Scotch.
Wenn du meinst, brummelte Rico wenig begeistert. Wusste er doch, dass er jetzt gleich in das Reich der Träume übergehen würde.
Er stieß mit Adam an und nahm einen kleinen Schluck aus seinem Glas. Er sah, wie Adam mit einem Zug sein Glas leerte.
Plötzlich fing Rico an zu husten und prustete seinen Schluck aus seinem Mund. Entschuldige, sagte er zu Adam. Ich habe mich verschluckt. Und außerdem ist es der erste Whisky, den ich trinke. Ich mag ihn nicht.
Du Ärmster, sagte Adam und wollte ihn in die Arme nehmen.
Lass nur, das kommt schon wieder. Jetzt brauche ich aber wirklich ein Glas Wasser. Er ging zur Bar und trank einfach aus der Flasche.
Als er die Flasche absetzte, sah er, dass Adam sich setzte und sich die Augen rieb. Innerlich frohlockte er. Ich komme gleich, sagte er. Während er noch ein paar kleine Schlücke nahm, beobachtete er ihn aus den Augenwinkeln. Er sah ,wie Adam vergeblich gegen seine Müdigkeit ankämpfte.
Schlaf mir ja nur nicht ein, sagte er zu ihm. Ich komme gleich.
Es war schon zu spät. Adam war weggetreten.

Er ging zu ihm hin und rüttelte ihn an der Schulter. He, aufwachen, du Schlafmütze.

Adam schlief tief und fest.

Ihr könnt kommen, sagte er.

Wenig später ging die Tür auf und die anderen erschienen auf der Bildfläche.

Was grinst ihr denn so blöde, fauchte er sie an.

Schade, dass aus deinem Tête-à-tête nichts geworden ist. Das tut uns aber aufrichtig leid.

Dabei lachten sie lauthals.

Bringt den verdammten Kerl runter, ich kann ihn nicht mehr sehen. Das war ja widerlich.

Er sah, wie Karl und Johnny Adam packten und nach unten trugen.

Vanessa trat zu ihm und legte ihren Arm um seine Hüfte.

War's schlimm?, fragte sie und blickte ihn an.

Hm, machte er nur und schüttelte sich.

Sie ging mit den anderen in den Keller und ließ ihm etwas Zeit sich zu beruhigen.

Kurze Zeit später kam er zu ihnen und half Adam zu fesseln.

Jetzt haben wir ein wenig Zeit, um uns für den Coup vorzubereiten.

Wir werden eine Planänderung durchführen, sagte Karl. Iris wird ihre Rechtsanwältin zu uns herbestellen, damit sie das bezeugen kann.

Zu ihr gewandt sagte er: Ruf sie an, dass sie sich ab acht Uhr bereithalten soll.
Ist bei dir so weit alles klar? Johnny nickte. Ich werde um sechs losfahren, damit ich rechtzeitig am Treffpunkt bin. Wer holt die Braun-Brothers ab?
Das mache ich, sagte Karl.
Dolores, hast du das Geld? 50 Riesen für jeden der zwei, bar auf die Hand.
Sie nickte. Ist in der Tasche.
Zwei Stunden hatten sie noch Zeit, bis die dritte und letzte Aktion anlief.
Wie lange schlafen die beiden? Kriegen wir sie rechtzeitig wach?
Das Gegenmittel wirkt innerhalb von zehn Minuten. Sie werden zum richtigen Zeitpunkt fit sein.

Gegen sechs Uhr abends brach Johnny auf. Er gab Dolores einen flüchtigen Kuss. Danach nahm er wieder den BMW und fuhr in die Stadt.
Um sieben wartete er vor dem Hotel. Er musste keine fünf Minuten warten, als er Bernie aus dem Hotel kommen sah. Er war allein. Ohne seine Tussi.
Er öffnete die Tür und nahm auf dem Beifahrersitz Platz.
Hat sie Schwierigkeiten gemacht?, fragte Johnny.
Wer?
Na, deine Süße.

Keine, antwortete Bernie.
Erzähle mir etwas über die zwei anderen, mit denen ich pokere.
Da kann ich dir so gut wie nichts erzählen. Es ist bekannt, dass ich Pokerrunden veranstalte. Ich werde angerufen und vereinbare ein Treffen mit Interessenten. Mehr Informationen bekomme ich nicht. Es kommen viele außerhalb der Stadt. Ich bringe die Leute zusammen und bekomme meine Prämie und haue wieder ab. Alles Weitere liegt bei den anderen.
Sie verließen die Stadt und bogen wenig später in den Weg ein, der zu der Berghütte führte.
Bevor sie ausstiegen, reichte er Bernie eine Maske. Die beiden haben darauf bestanden, dass jeder eine Maske trägt. Je weniger sie von dem jeweils anderen wissen, umso besser.
Schweigend streifte er die Maske über und stieg aus dem Wagen. Ich komme mir vor wie Zorro, sagte er.
Gemeinsam gingen sie die Treppe hoch und betraten das Haus.
Sie wurden bereits erwartet.
Ich dachte, ihr kommt allein, sagte Johnny. Was soll die Frau?
Das ist meine Freundin, sagte der Größere der beiden. Ich wollte sie nicht allein lassen. Ist das ein Problem für euch beide, wenn sie hier ist?

Wenn sie ihn nicht stört, dann stört sie mich auch nicht, sagte der andere.

Soll auch mir recht sein, sagte Bernie, der einen abschätzenden Blick auf Lore geworfen hatte.

Okay, sagte Johnny. Dann will ich euch noch einmal die Bedingungen sagen, damit es keine Zweifel gibt.

Keine Namen. Die Masken werden nicht abgenommen. Es wird Texas Holdem gespielt. Kein Limit. Wenn irgendjemand vorzeitig aussteigen will, dann wird das ohne Protest akzeptiert.

Er deutete auf Lore. Wenn sie schon mal da ist, dann kann sie euch bedienen.

Sind alle einverstanden?

Alle nickten.

Die Plätze werden ausgelost.

Johnny legte drei Zettel auf den Tisch, die mit den Zahlen Eins bis Drei beschriftet waren. Nochmals drei Zettel mit denselben Zahlen in eine kleine Schüssel. Bernie zog die Zwei und Ede die Eins. Somit verblieb die Drei für Erwin.

Was wollt ihr trinken?, fragte Lore.

Ich hätte gerne einen Whisky, sagte Bernie. Ein Wasser. Ein Bitter Lemon.

Kommt sofort.

Seid ihr neu in der Stadt?

Keine Fragen. Ich dachte, das wäre geklärt. Fragend schaute er Johnny an.

Das ist auch geklärt. Er hat die Frage nur gestellt, um ein bisschen Small Talk zu machen.

Schweigend warteten sie, bis Lore die Getränke gebracht hatte.

Ich gehe nach draußen, sagte Johnny zu ihnen. Er verließ die Hütte und ging um sie herum. Kurz darauf betrat er den Keller.

Schweigend gesellte er sich zu den anderen, die gespannt auf den Monitor sahen.

Die erste Runde war bereits vorüber. Bernie hatte nur kurz an seinem Glas genippt.

Wenn der weiter wie ein Huhn nur so an seinem Glas nippt, dann wird das eine lange Nacht, sagte Iris.

Nicht nervös werden, sagte Karl. Am Anfang ist das so. Das ist erst mal ein Abtasten, um zu wissen, wie die anderen ticken.

Bernie war sehr diszipliniert. Er schien das erste Glas wegzustecken, als wenn es nichts wäre. Normalerweise hätte er sich bereits im Reich der Träume befinden müssen. Er hatte bereits das zweite Glas vor sich stehen. Soeben war die Pokerrunde zu Ende gegangen und er hatte mal auf die Schnelle 20.000 verloren. Er trank sein Glas auf einen Zug leer. Nach ein paar Sekunden kippte er ohne, einen Laut von sich zu geben, zusammen.

Lore ging zu ihm hin und schüttelte ihn an der Schulter.

Aufwachen. Nicht schlafen. Es war vergebens. Bernie schlief tief und fest.

Kurze Zeit danach kam Karl mit dem Geld in das Zimmer.

Danke, Jungs, sagte er und gab ihnen das Geld. Ihr habt gute Arbeit geleistet. Eure Aufgabe ist erledigt. Er deutete auf das Geld, das auf dem Tisch lag. Das könnt ihr auch mitnehmen. Ihr habt es euch ja auch erspielt.

Das Ganze ist nie passiert. Ist das klar?

Die beiden nickten und verließen die Hütte.

Karl sah ihnen nach, bis sie verschwunden waren.

Ruth sie mal nach ob sie wirklich verschwinden sagte Karl.

Zusammen mit Johnny und Rico schleppte er Bernie in den Keller.

Während Rico Bernie fesselte, rief Iris ihre Anwältin an.

In einer Stunde ist sie da, sagte sie, nachdem sie das Gespräch beendet hatte.

Gut, dann gehen wir am besten daran, alle Spuren zu beseitigen und die Hütte zu säubern.

Als sie damit fertig waren, hörten sie ein Auto vorfahren.

Iris ging hinaus und kam wenig später mit der Anwältin herein.

Darf ich vorstellen: Das ist Dr. Helen Forster. Meine Rechtsanwältin. Und das sind meine Freunde. Zur

Rechtsanwältin sagte sie: Sie müssen nur die Namen wissen, um die es geht.

Sie deutete auf Ruth, das ist Ruth Schlesinger, und anschließend auf Vanessa, diese Dame ist Vanessa Köhler.

Sind Sie in alles eingeweiht? Dolores hatte die Frage gestellt. Die Rechtsanwältin nickte.

Sagen Sie es uns.

Ich stelle keine Fragen, unter welchen Umständen die Überschreibung und zustande gekommen ist. Ich habe einen Termin schon morgen früh beim Notariat vereinbart, damit der Eintrag in das Grundbuchamt vorgenommen werden kann. Die Konten bei der Bank sind für diese Herren ab morgen früh gesperrt. Im Klartext: Alles gehört wieder Iris, Ruth und Vanessa. Sie wandte sich an Iris: Meine Schuld bei Ihnen ist damit auch erledigt. Wir sind quitt.

Das sind wir dann, bestätigte Iris.

Ist alles vorbereitet?

Ja, sagte Karl. Folgen Sie mir.

Sie gingen alle in den Überwachungsraum. Zu Dr. Forster sagte Karl: Sie können alles von hier aus bequem beobachten. Er reichte Ruth, Iris und Vanessa ihre weißen Ku-Klux-Klan-Kutten. Zieht die über.

Als alle ihre Kutten übergezogen hatten, fragte er sie vorsichtshalber noch einmal: Ihr wisst, was ihr zu tun habt?

Alle drei nickten.
Gut, sagte er. Dann wollen wir mal.
Die vier verließen den Überwachungsraum und begaben sich in die Zelle.
Adam, Ralph und Bernie saßen auf einem Stuhl. Karl flößte jedem das Gegenmittel ein. Sie warteten, bis alle wach waren.
Adam, Ralph und Bernie blinzelten in das Licht, das voll auf sie gerichtet war. Sie konnten im Hintergrund nur die Umrisse einer Gestalt erkennen.
Hört mir genau zu, sagte die schemenhafte Gestalt zu ihnen. Ich sage es nur einmal. Dabei trat er ein wenig hervor, so dass sie nur eine Gestalt mit einer weißen Kutte erkennen konnten.
Ihr seid uns aufgefallen, weil ihr euch ohne Skrupel das Vermögen eurer jeweiligen Geliebten angeeignet habt. Das ist uns sehr entgegengekommen. Haben wir es doch so viel leichter, weil wir es somit nur mit euch zu tun haben. Ihr werdet uns deren Vermögen überschreiben. Es gibt für euch nur diese eine Option. In eurem Interesse rate ich euch keine Schwierigkeiten zu machen. Vor euch liegen die Schriftstücke, die zur Übertragung notwendig sind.
Adam, du bist der Erste.
Das würde euch so passen. Ich unterschreibe nichts.
Ralph?

Ich unterschreibe auch nicht.
Bernie?
Ich ebenso wenig.
Das war zu erwarten, sagte die Gestalt hinter dem Licht.
Fangt an.
Ruth, Iris und Vanessa zogen an einem Seil, dessen Schlinge um den Hals ihrer Ex-Geliebten gelegt war, und zogen daran. Denen blieb gar nichts anderes übrig, als aufzustehen, weil sie sonst keine Luft mehr bekamen, weil sich die Schlinge immer mehr zuzog. Alles Schreien und wüste Beschimpfungen halfen nichts. Als die drei standen, banden sie das Seil an einem Ring, der in der Wand befestigt war, fest. Danach traten sie dicht hinter ihre Ex-Lover und knöpften ihnen die Hosen auf und zogen diese und deren Slip bis zu den Knien herunter.
Was soll das?, protestierten diese und versuchten sich zu wehren, was ihnen aber nicht gelang. Die Bewegungsfreiheit ihrer Beine war durch die heruntergelassenen Hosen stark eingeschränkt.
Erteilt ihnen eine Lektion.
Plötzlich merkten die drei, wie ihnen von hinten durch die Beine gelangt wurde und ihre Eier kurz zusammengepresst wurden.
Ah, aua, was soll das? Aufhören.
Ruhe, sagte die Gestalt hinter dem Licht.
Ich sage das wiederum nur einmal. Wenn ihr

nicht unterschreibt, dann gibt es Rührei zum Frühstück. Ist das klar?
Ich höre nichts, sagte Karl.
Ich tu es, sagte Adam.
Ich auch, entgegnete Ralph.
Und du?
Karl hatte die Frage an Bernie gerichtet, der bisher geschwiegen hatte.
Einen ganz harten Hund scheinen wir da zu haben.
Zeig es ihm.
Ruth drückte Bernie wieder die Eier ein wenig fester zusammen.
Ahhhh, aufhören, aufhören. Ruth aber ließ ihn nicht los. Sie schien das regelrecht zu genießen.
Karl ließ sie etwa zehn Sekunden gewähren, dann sagte er zu ihr: Das reicht.
Nun, willst du es immer noch nicht tun?
Ich tu es, stammelte Bernie vor Schmerzen.
Lockert seinen rechten Arm ein wenig, so dass er unterschreiben kann.
Ruth tat, wie Karl es ihr geheißen hatte. Sie hatte aber während der ganzen Zeit seine Eier immer noch fest im Griff.
Unter Schmerzen unterschrieb Bernie. Da die Schriftstücke abgedeckt waren, konnte er außer dem Feld, wo er unterschreiben musste, nichts erkennen.

Du warst ein braver Junge, lobte Karl. Ruth zog ihm wieder die Hose hoch und die Schlinge wieder enger, so dass Bernie wieder so gefesselt war wie vorher, als sie den Raum betreten hatten.

Karl wandte sich den anderen zu. Wollt ihr es auch auf die harte Tour?

Adam und Ralph schüttelten nur stumm den Kopf. Iris und Vanessa hatten die beiden während der Aktion mit Bernie weiter an den Eiern gehabt und ihren Druck ab und zu immer wieder mal verstärkt, was ihren Widerstand vollends gebrochen hatte.

Deren Unterschrift war daher nur noch Formsache.

Nachdem wir alle das Geschäft zu unserer Zufriedenheit beendet haben, wollen wir es begießen. Karl stellte ein Glas vor die drei hin. Bei uns ist es Sitte, dass das Glas auf einen Zug geleert wird. Er gab Ruth, Iris und Vanessa ein Zeichen, worauf diese wieder die Fesseln so weit lockerten, dass Adam, Ralph und Bernie das Glas ohne Schwierigkeiten in die Hand nehmen konnten.

Karl hielt ihnen sein Glas hin.

Prost, meine Herren.

Der Druck auf die Eier verstärkte sich wieder. Nach ein paar Sekunden sackten alle drei zusammen. Das Schlafmittel hatte wieder seine Wirkung getan.

Das wäre erledigt.
Wenig später wurden sie in das Wohnzimmer getragen. Auf den Tisch wurde eine halbvolle Whiskyflasche gestellt. Jeder hatte vor sich ein halbvolles Glas mit seinen Fingerabdrücken stehen.
Auf das Handy der drei wurde die Aufnahme vom Raubüberfall überspielt.
Nachdem sie alles noch einmal kontrolliert hatten, damit ja keine verräterischen Spuren zurückgelassen wurden, verließen sie das Haus.
Ein anonymer Anruf bei der Polizei und die Aktion war beendet.
Während die anderen zu der Villa von Dolores fuhren, steuerte Karl den Wagen auf eine Anhöhe, die etwa zwei Kilometer schräg gegenüber der Hütte lag. Es dauerte auch nicht lange, bis sie Sirenengeheul hörten, das von der Stadt kam. Sie sahen fünf Polizeifahrzeuge, die nach links in den Weg einbogen, der zu der Berghütte führte.
Karl hatte die Stelle gut gewählt. Von hier aus konnte man die Stelle, an der die Hütte lag, gut einsehen.
Er sah, wie nach zehn Minuten Polizeibeamte Adam, Ralph und Bernie aus der Hütte trugen und zu einem Transporter brachten.
Sie haben sie, sagte Karl. Unsere Aufgabe ist erledigt. Gehen wir zu den anderen.

Als sie dort ankamen, wurden sie freudig begrüßt.

Unseren Teil haben wir erledigt. Nun kommt es nur noch auf morgen an.

Ich schlage vor, dass wir jetzt alle schlafen gehen. Um elf treffen wir uns im Golfclub.

Das habe ich mit Dr. Forster so vereinbart.

Okay, dann bis morgen.

Die Liebeskugel

Johnny war mit Dolores allein. Er nahm sie in den Arm und küsste sie. Ich weiß schon gar nicht mehr, wie es ist, mit dir allein zu sein, sagte er und sah ihr dabei ganz tief in die Augen.

Das können wir ja ändern, sagte sie. Ich habe eine Überraschung für dich.

Was für eine Überraschung?

Komm mit, sagte sie und zog ihn hinter sich her.

Sie ging mit ihm in den Keller.

Was soll ich mit dir im Keller?, murrte er. Im Schlafzimmer haben wir es bequemer.

Abwarten, war ihr knapper Kommentar.

Als sie unten angelangt waren, hielt sie vor einer Tür.

Ausziehen, sagte sie zu ihm und entledigte sich ebenso ihrer Kleider.

Augen zu und mitkommen.

Er tat, wie sie ihm geheißen hatte.

Vorsicht, Stufe.

Er hob sein Bein und ging eine Stufe hoch und anschließend wieder eine hinunter.

Er hörte am Geräusch, dass sie eine Tür schloss.

Augen auf.

Er öffnete die Augen und erschrak. Er befand sich mit ihr in einem kugelförmigen Raum, der im Durchmesser zwei Meter hatte.

Na, gefällt es dir?
Lauernd und mit einem dunklen Unterton in ihrer Stimme hatte sie diese Frage gestellt.
Ein wenig eng, sagte er. Wozu soll das gut sein?
Das, mein Lieber, ist eine Liebeskugel.
Da habe ich aber andere Vorstellungen, sagte er. Liebeskugeln benutzt doch ihr Frauen und führt sie in eure Lucy ein. Das verschafft euch doch Lust. Oder irre ich mich da? Fragend hatte er sie bei diesen Worten angeschaut.
Da möchte ich dir nicht widersprechen. Aber diese hier hat ein Zeitschloss. Das ist der letzte Schrei. Da können sich Mann und Frau ungestört verlustieren. Hier, sieh mal.
Sie drückte leicht auf ein Symbol. Es öffnete sich eine Klappe, auf der sich eine Tastatur befand. Sie berührte leicht eine Sensortaste. Plötzlich veränderte sich ihre Umgebung. Die ganze Kugel war plötzlich ein Strand. Über sich sah er strahlend blauen Himmel. Er sah nach rechts und links. Weißer feiner Sand. Palmen und kleine Büsche in Ufernähe. Plötzlich zog sogar ein Schwarm buntgefiederter Vögel über ihnen hinweg. Die Wellen rauschten leise an den Strand. Er meinte plötzlich nasse Füße zu haben, weil eine Welle ihre Füße umspielte. Er glaubte einen sanften Wind auf seiner Haut zu spüren. Kurzum, die Illusion war perfekt.

Er wandte sich ihr zu. Sie drängte sich gegen ihn. Ihre Brüste drückten gegen seine Brust. Sie sah ihn an. Der Mund war leicht geöffnet und erwartete von ihm den ersehnten Kuss. Ihre Hände hatte sie an sein Gesäß gelegt.

Zufrieden?, schnurrte sie mit heiserer Stimme.

Sehr zufrieden, mein Herz, murmelte er und sein Mund berührte ihre Lippen und als ihre Zungen sich berührten, vollführten sie einen Liebestanz und tanzten um die Wette. Nach diesem langen Kuss sanken sie atemlos zu Boden und wälzten sich hin und her. Mal lag sie oben und mal er. Sie küssten sich wieder und immer wieder. Während sie sich am Boden wälzten, bewegte sich die Kugel in die Richtung, die ihr die hitzigen Körper vorgaben.

Komm zu mir, stöhnte sie voller Wollust. Ich habe mich so sehr nach dir gesehnt. Er tat ihr den Gefallen und drang langsam und behutsam in sie ein. Er lag jetzt oben und schaute ganz tief in ihre Augen.

Langsam begann er in rhythmischen Stößen. Er hörte ihr leises Stöhnen und ihre Arme und Beine umschlossen ihn und hielten ihn fest. Sie fuhr langsam mit den Händen seinen Rücken hinab und wieder hinauf. Dabei fühlte sie die Muskeln, die sich bei jeder Bewegung ihres Liebsten bewegten.

Beim Liebesspiel beobachtete er sie. Sie hatte

ihre Augen geschlossen und ein seliges Lächeln umspielte ihren Mund.

Halt ein.

Sofort stellte er seine Aktivitäten ein. Sein Glied befand sich ganz tief in ihrer Scheide. Er ließ sich einfach auf sie sinken und sein ganzes Gewicht lag auf ihr.

Nach einer kleinen Weile kam ihre nächste Anweisung. Ebenso kurz und knapp wie die erste.

Weiter.

Er begann sie wieder leicht zu nehmen. Dieses Mal bedeckte er mit leichten, zärtlichen Küssen ihr Gesicht und ihren Hals. Jetzt schnurrte sie noch mehr.

Sie öffnete ihre Augen. Er sah in die verschleierten und feuchten Augen einer geilen Frau, die sich ihm völlig hingab und seine Zärtlichkeiten genoss.

Wieder küsste er sie und stellte dabei seine Stoßbewegungen ein, was ihr aber nicht zu gefallen schien. Er spürte ihre Hacken und begann wieder langsam und zärtlich seine Stoßbewegungen aufzunehmen.

Jetzt hatte auch er seine Augen geschlossen und konzentrierte sich nur auf seine Bewegungen, die er schon automatisch zu machen schien. Er merkte, wie er langsam auf seinen Höhepunkt zusteuerte. Als schien sie seine Empfindungen geahnt zu haben, flüsterte sie ihm zu: Alle zehn Sekunden einen Stoß.

Er tat, wie sie ihm geheißen hatte, was ihn aber eine ziemliche Überwindung kostete. Der Drang in ihm einfach loszuhämmern und seiner Lust freien Lauf zu lassen, schien schier übermächtig zu werden. Aber er nahm seinen ganzen Willen zusammen, damit das nicht passierte. Er zählte innerlich bis zehn. Eins, zwei, drei ... Und wieder ein langsamer zärtlicher Stoß.

Ich halte es nicht mehr aus, stieß er rau heraus. Halte aus, mein Liebster, flüsterte sie ihm ins Ohr. Bei mir ist es auch gleich so weit. Mach weiter. Mit größter Überwindung beherrschte er sich und begann das Liebesspiel von neuem.

Plötzlich und unerwartet gab sie ihm die Sporen. Hüah, mein wilder Hengst. Hüah, gibs mir. Hüah, Galopp. Bei ihren Worten verstärkte sich der Druck ihrer Arme und Beine. Plötzlich merkte er, wie es ihm kam.

Ja, stöhnte er. Sein Samen ergoss sich in ihrer Scheide. Gleichzeitig mit ihm kam es auch ihr. Ihre Scheidenmuskeln zogen sich um seinen aufgeregten Schwanz. Beide genossen den gemeinsamen Höhepunkt. Eine solche Einigkeit kann man nur erfahren, wenn ein Gleichklang der Körper vorherrscht. Beide genossen ihre Körper. Sie waren eins geworden. Sie waren eine Einheit, wie es Mann und Frau sein sollten, wenn alles stimmte. Sie wussten nicht, wie lange sie so engumschlungen dalagen.

Als er den Kopf ein wenig hob, um sie anzuschauen, blickte sie ihn lächelnd an.

Er wollte etwas sagen, ließ es aber. Sie schauten sich in die Augen und beide wussten, dass sie den richtigen Partner gefunden hatten.

Sie unterbrach den Zauber der Ruhe und des Augenblicks. Ich habe es noch nie so genossen, mich einem Mann hinzugeben. Noch nie habe ich einen Gleichklang der Körper und der Seelen so intensiv gefühlt wie mit dir. Er schloss kurz die Augen und lächelte ihr zärtlich zu.

Das war ein klares Ja. Sie jubelte innerlich und drückte ihn wieder ganz fest an sich und beide fühlten diese intensive Nähe, die sie im Verlaufe ihres Beisammenseins bis an ihr Lebensende noch viele Male erleben sollten.

Nach einer Weile lösten sich ihre ermatteten Körper voneinander. Sie standen auf und verließen die Kugel.

Sie duschten beide gemeinsam und jeder wusch den Körper des anderen. Danach begaben sie sich so, wie sie waren, in das Bett. Nackt und eng aneinandergekuschelt waren sie auch schon wenig später eingeschlafen.

Am nächsten Morgen wachte er auf. Er griff neben sich. Doch die Stelle war leer. War sie schon auf? Er gähnte und streckte die Arme von sich. Er schlug die Decke zur Seite, erhob sich und ging in das Bad. Seine Morgentoilette hatte er in fünf Minuten erledigt. Danach zog er seinen Slip und die Shorts an. Schnell streifte er ein T-Shirt über und zog seine Badelatschen an.

Er ging die Treppe hinunter und betrat die Terrasse. Dolores saß bereits auf einem Stuhl und sah ihm entgegen.

Guten Morgen, Liebling, sagte er. Er beugte sich zu ihr nieder und gab ihr einen Kuss.

Bist du schon lange auf?

Erst seit 20 Minuten, sagte sie. Lass uns jetzt in Ruhe frühstücken. Wir haben noch gut zwei Stunden, bis wir uns mit den anderen treffen.

Sie genossen das milde warme Wetter, das schon am frühen Vormittag herrschte.

Aus dem Radio hörten sie leise Musik. Als das Lied geendet hatte, verkündete der Radiomoderator die Nachrichten. Als Erstes verkündete er eine spektakuläre Nachricht. Wie uns eben von der Pressestelle der hiesigen Polizei gemeldet wurde, erfolgte gestern Abend die Festnahme von drei verdächtigen Männern, die in Verbindung mit dem Raubüberfall auf das Juweliergeschäft am Montag vergangener Woche gebracht werden. Genauere Angaben werden uns zu gegebener Zeit mitgeteilt.

Scheint alles wie am Schnürchen zu laufen. Es wäre besser, wenn du bei der Polizei vorsprechen würdest, wie der Stand der Ermittlungen ist. Du hast von der Festnahme im Radio gehört und willst wissen, was los ist. Meinst du nicht?

Dazu habe ich keine Lust. Ich rufe lieber an und fahre dann mit dir zusammen zum Club.

Wie du meinst.

Nachdem sie ihr Frühstück beendet hatten, rief sie bei der Polizei an, um den Stand der Ermittlungen zu erfragen. Sie bekam die erwartete Antwort zu hören.

Wenn wir etwas Genaueres wissen, gnädige Frau, werden Sie es als Erste erfahren. Wir melden uns bei Ihnen.

Sie ging die Treppe hoch und begegnete Johnny, der bereits ausgehfertig war.

Ich warte unten, sagte er und grinste.

Während dem Vorbeigehen fragte sie sich, warum er sie eben angegrinst hatte. Das wird wohl unter die Rubrik »Der Mann, das unbekannte Wesen« fallen. Am besten, ich hake es einfach ab.

Nach 20 Minuten gesellte sie sich zu ihm. Bevor sie gingen, sagte sie zu Hermine, dass sie in den Club gingen. Und wir essen dort zu Mittag.

Sehr wohl, gnädige Frau, sagte Hermine.

Johnny war bereits vorgegangen und setzte sich auf den Beifahrersitz des Ferraris. Willst du nicht fahren? Sie hob ihm den Schlüssel hin.

Nein.

Diese Antwort hatte sie nicht erwartet. Sie stieg ein und startete den Wagen. Er hatte die Augen geschlossen und genoss den einzigartigen Klang des Motors.

Sie verließen das Anwesen und nahmen den Weg in Richtung Club. Der Fahrtwind umschmeichelte ihren Körper und nach wenigen Minuten waren sie bereits dort angekommen.

Sie waren die Letzten. Alle anderen waren bereits anwesend.

Da sind ja unsere Turteltäubchen, wurden sie begrüßt.

Johnny und Dolores beschränkten sich auf ein einfaches Hallo.

Habt ihr die Nachrichten schon gehört?, fragte Dolores.

Plötzlich war es mucksmäuschenstill.

Nein, haben wir nicht. Als Karl es sagte, hatte er sich gespannt vorgebeugt und sah sie an.

In den Radionachrichten haben sie gebracht, dass drei Männer festgenommen wurden, die mit dem Raubüberfall auf das Juweliergeschäft in Verbindung gebracht werden. Nähere Angaben wurden nicht gemacht. Ich habe daraufhin die Polizei angerufen, aber man konnte oder wollte mir noch keine Informationen geben.

Wie ist der Stand mit Dr. Forster? Hat sie schon angerufen und Vollzug gemeldet?

Ja, das hat sie, sagte Iris. Sie kommt nachher vorbei und bringt die Unterlagen mit.

Sehr gut, sagte Johnny. Aber feiern werden wir erst, wenn sie die Unterlagen gebracht hat und wir hundertprozentig davon ausgehen können, dass alles rechtmäßig ist.

Er erntete ein zustimmendes Nicken.

Sie plauderten und versuchten ungezwungen zu wirken, was ihnen aber nicht gelang. Ihre Aktion war erst ein voller Erfolg, wenn Dr. Forster auf der Bildfläche erschien.

Als sie gegen ein Uhr erschien, war es endlich so weit.

Alles in Ordnung, sagte sie. Sie langte in ihre Aktentasche und übergab Ruth, Iris und Vanessa die Unterlagen. Ein schneller Blick und ein Aufatmen erfolgte.

Johnny wäre vor dem, was jetzt folgte, am liebsten abgehauen. Ruth, Iris und Vanessa hatten ihn als den eigentlichen Retter auserkoren. Nicht, dass wir den anderen gegenüber undankbar wären, aber wenn du nicht gewesen wärst, dann wäre die ganze Geschichte für uns gar nicht gut ausgegangen. Es folgte das Übliche, wenn Weiber ihre Dankbarkeit ausdrücken. Umarmen, drücken, abküssen, rumschmusen und, und, und. Er musste wohl oder übel die ganze Prozedur über sich ergehen lassen und sich das Gefeixe der anderen gefallen lassen.

Ja, ja, der Johnny ist eben ein Frauenheld. Die Frauen fliegen ihm reihenweise zu und unsereiner kriegt keine ab. Dabei wurde auch noch hämisch gelacht. Und was machte seine Dolores? Als er sie hilfesuchend anschaute, grinste sie ihn ebenso hämisch an und genoss das ganze Spiel.

Jetzt ist es aber genug, Mädels, sagte er und befreite sich von ihnen.

Lasst uns alle darauf anstoßen.

Er hob sein Glas und sagte: Auf uns.

Auf uns, sagten sie und tranken mit einem Zug das Glas aus.

Die Aufklärung

Mama, Mama. Alle drehten sich zu dem etwa zehnjährigen Mädchen um, das auf sie zugerannt kam und sich Dolores in die Arme warf.

Da bin ich. Ich habe es im Internat nicht mehr ausgehalten und gefragt, ob ich einen Tag früher nach Hause fahren könnte, um meiner kranken Mutter beizustehen. Und als du nicht zuhause warst, habe ich Hermine gebeten mich zu dir zu fahren. Und da bin ich.

Aber ich bin doch gar nicht krank, Spatzl.

Das weiß ich doch auch. Ich habe es vor Neugier nicht mehr ausgehalten, um deinen neuen Freund zu sehen, von dem du geradezu geschwärmt hast.

Wer ist denn der Wunderknabe?

Suchend schaute sie sich dabei um.

Das kann nur dieser Bursche sein, sagte sie und wandte sich Johnny zu.

Habe ich recht?

Verblüfft nickte Johnny. Es war das erste Mal, dass er hörte, dass seine geliebte Dolores schon ein zehnjähriges Mädchen hatte. Davon hatte sie noch gar nichts gesagt. Wahrscheinlich wollte sie ihm alles gestehen, wenn die ganze Geschichte mit ihren Freundinnen ein glimpfliches Ende gefunden hatte. Dazu war sie jetzt aber nicht mehr gekommen.

Er sah Dolores an und merkte, dass sie ein unglückliches Gesicht machte. Ihr war sichtbar gar nicht wohl in ihrer Haut.

Du hast recht, das bin ich. Wie hast du das gemerkt, dass ich es bin?

Na ist doch logisch. Du bist genau der Typ, den meine Mama mag. Sie sah ihn an. Steh mal auf.

Verblüfft erhob er sich.

Dreh dich mal um.

Gehorsam drehte er sich einmal im Kreis.

Bis auf Dolores beobachteten die anderen amüsiert das Geschehen.

Kannst dich wieder setzen.

Johnny wusste nicht, wie ihm geschah. Er ließ sich von einem kleinen Mädchen herumkommandieren.

Und noch etwas fiel ihm auf. Es hatte denselben Ton wie ihre Mutter drauf.

Und wer bist du? Fragend sah er sie an.

Ich heiße Beate. Aber alle nennen mich Bea.

Kannst du mir verraten, was die Mama alles über mich erzählt hat?

Das werde ich nicht, entgegnete sie. Das war ein Frauengespräch. Ich werde doch nicht alles gleich weitererzählen, was ich gehört habe. Das gehört sich nicht.

Hm, machte Johnny und tat so, als würde er angestrengt über etwas nachdenken.
Es kam so, wie er es beabsichtigt hatte.
Bea fragte gleich nach. Was heißt hier: Hm?
Dann stimmt es also doch.
Was stimmt also doch? Mann, jetzt lass dir doch nicht alles aus der Nase ziehen.
Dolores, also deine Mama, hat mir gesagt, dass du ein Frecherle wärst.
Was bin ich? Entrüstet wandte sie sich ihrer Mutter zu.
Lächelnd schüttelte diese den Kopf.
Bea schaute Johnny an. Darf ich dich um etwas bitten?
Aber natürlich darfst du das. Es sei denn, ich kann dir deinen Wunsch erfüllen.
Im Internat haben sie heute, also am letzten Tag, die Aufklärung auf dem Stundenplan.
Da ich ja nicht dort sein kann, fehlt mir dann das Wissen darüber. Kannst du mich nicht aufklären? Unsere Lehrerin hat gesagt, dass das dieses Mal die Väter oder die Freunde machen sollen.
Da hatte er nun den Salat. Das passiert, wenn man hilfsbereit ist. Es wird alles schamlos ausgenutzt. Das müsste normal Dolores machen. Ein Blick in ihr Gesicht sagte ihm, dass er vergeblich auf ihre Hilfe warten würde.
Und schon kam auch noch der nächste Tiefschlag

von seinen Freunden. Wir würden es auch gerne hören. Es ist nie verkehrt, wenn man es nochmals hört. Feixend und schadenfroh sahen sie ihn dabei an.

Es blieb ihm wohl nichts anderes übrig, als es so schnell wie möglich hinter sich zu bringen.

Also gut, pass auf. Zuerst muss ich dir eine Frage stellen.

Glaubst du, dass der Klapperstorch die Kinder bringt?

Das war der letzte Ausweg, sich davor zu drücken. Sagte sie ja, dann war er aus dem Schneider. Sagte sie nein, dann musste er das Mädchen aufklären.

Nein.

Klar und unmissverständlich hatte sie es gesagt.

Die anderen waren jetzt mucksmäuschenstill.

Setze dich erstmal, sagte er und sah sie an.

Du weißt, dass es Jungen und Mädchen gibt, Männer und Frauen.

Bea nickte.

Und die Jungen sehen anders aus als die Mädchen und kleiden sich auch anders.

Wieder nickte sie.

Die Pubertät ist der zwei- bis sechsjährige Zeitraum zwischen Kindheit und Jugend.

Das Schlüsselereignis im Leben eines Mädchens ist die Pubertät, die meist zwischen dem 11. und 16. Lebensjahr erfolgt. Während dieser Zeit bilden sich die Brüste, die Scheide und die Schambehaarung. Die Menstruation erfolgt etwa zwei Jahre nach Beginn der Pubertät. Sie ist der periodisch auftretende Abgang von Blut in den ersten fünf Tagen des gesamten 28-tätigen Zyklus.

Bei den Jungen beginnt die Pubertät meist zwischen dem 13. und 18. Lebensjahr. Seine Hoden und sein Penis werden größer, er bekommt eine tiefere Stimme und Körperbehaarung.

Wenn Frau und Mann ein Kind haben wollen, dann sind sie zärtlich zueinander. Sie berühren oder streicheln sich und werden dann beide erregt. Bei dem Mann wird das Glied hart. Es wird dabei Blut in die Schwellkörper seines Penis gepumpt. Dass die Frau erregt ist, merkt man daran, dass ihre Scheide feucht wird.

Jetzt kann der Mann sein Glied in die Scheide der Frau einführen. Er zieht sein Glied wieder heraus und wieder hinein. Durch die Reibung in der Scheide kommt er dann zu seinem Höhepunkt und pumpt seinen Samen in die Scheide der Frau.

Wenn alles geklappt hat, dann bleibt die Regel der Frau, also die Monatsblutung, aus und sie ist schwanger. Ein Kind entsteht also in ihrem Körper. Wenn sie sicher sein will, dann macht sie einen Schwangerschaftstest, den sie in der Apotheke kaufen kann, oder sie geht zu einem Arzt.

Das muss fürs Erste reichen.

Johnny stand auf und entfernte sich. Er ging zu der Clubbar und bestellte sich einen Cognac. Den habe ich mir verdient.

Er kam nicht dazu, ihn zu trinken, denn Dolores war ihm gefolgt und an seine Seite getreten. Dabei hatte sie ihm den Arm um die Hüfte gelegt.

Ich hätte es dir heute Abend gesagt.

Mach dir keine Sorgen, sagte er. Ich finde alles gut, was du machst, weil ich dich liebe. Er gab ihr einen Kuss auf den Mund.

Bea, kommst du mal zu uns?, rief er dem Mädchen zu und breitete seine Arme aus.

Das ließ sie sich nicht zweimal sagen. Sie kam angerannt und warf sich ihm in die Arme.

Beide drückten sich ganz fest. Dolores konnte ihre Tränen nur mit Mühe zurückhalten.

Habe ich die Prüfung bestanden, Bea?, fragte Johnny.

Das hast du, Großer, das hast du.

So hatte sich alles zum Guten gewendet.

Johnny hatte seine Dolores und noch eine Tochter bekommen.

Rico – Vanessa.

Karl – Ruth.

Lore bekam die Stelle der Hotelmanagerin des Golfclubs und fand später Gefallen an einem Millionär, der sein Geld mit Immobilien verdiente.

Susi setzte ihre Reize bei einem erst kürzlich verlassenen Bauunternehmer ein und behielt ihn ihr Leben lang.

Iris traf ihre alte Jugendliebe wieder und beschloss mit ihm die restlichen Tage ihres Lebens zu verbringen.

Hier endet die Geschichte.

Und die Moral von der Geschichte?

Jeder macht im Leben seine eigene Moral!